DREAMBOOKS★

DREAMBOOKS

DREAMBOOKS★

DREAMBOOKS

시니어 신무협 장편소설
ORIENTAL FANTASY STORY & ADVENTURE

일보신권

⟨19⟩

dream books
드림북스

일보신권 19 어른들의 사정에 대하여

초판 1쇄 인쇄 / 2014년 5월 30일
초판 1쇄 발행 / 2014년 6월 5일

지은이 / 시니어

발행인 / 오영배
책임편집 / 편집부
펴낸 곳 / (주)삼양출판사 · 드림북스

주소 / 서울특별시 강북구 솔샘로67길 92
대표 전화 / 02-980-2112 팩스 / 02-983-0660
편집부 전화 / 02-980-2116 팩스 / 02-983-8201
블로그 / blog.naver.com/dreambookss

등록번호 / 제9-00046호
등록일자 / 1999년 3월 11일

ⓒ 시니어, 2014

값 8,000원

(주)삼양출판사 · 드림북스의 서면 허락 없이는 어떠한
형태나 수단으로도 이 책의 내용을 이용하지 못합니다.

ISBN 978-89-542-5829-6 (04810) / 978-89-542-3281-4 (세트)

* 지은이와 협의하에 인지는 생략합니다.
* 잘못된 책은 구입한 곳에서 바꾸어 드립니다.

이 도서의 국립중앙도서관 출판시도서목록(CIP)은 서지정보유통지원시스템홈페이지(http://seoji.nl.go.kr)와
국가자료공동목록시스템(http://www.nl.go.kr/kolisnet)에서 이용하실 수 있습니다.
(CIP제어번호: 2014016670)

시니어 신무협 장편소설
ORIENTAL FANTASY STORY & ADVENTURE

일보신권

19

어른들의 사정에 대하여

dream books
드림북스

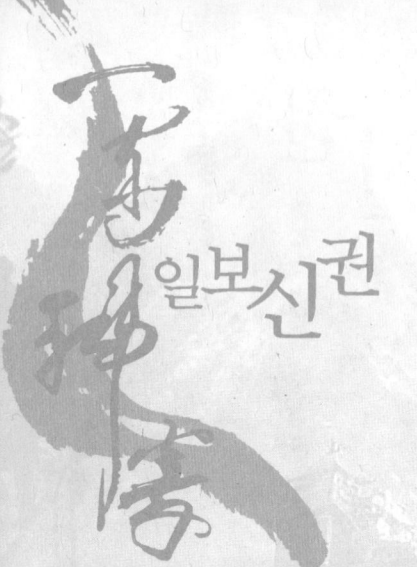

목차

제1장 상계의 주목　007

제2장 각서 한 장이……　043

제3장 사승을 찾아서　105

제4장 이름을 갖는다는 것　143

제5장 어쩌면 일보신권의 시작   *183*

제6장 이번엔 서가촌이다!   *227*

제7장 백보신권입니다   *269*

제8장 어긋난 계획   *297*

제1장

상계의 주목

중군도독 우이첨.

원래 그는 강호의 일엔 별 관심이 없었다. 황궁과 북해가 벌이는 일에 이름이나 빌려 주고 있는 중이었다.

어차피 잘되어 봐야 주관 부서인 금의위나 공을 세우지, 중군도독부에 득이 될 일은 없었다. 그러니 딱히 신경 쓰고 싶지 않았다. 외려 거리를 두고 싶어 하는 마음이 더 큰 게 사실이었다.

지금도 괜히 관병이니 자금 지원이니 해서 들어가는 것만 많아 사실 반쯤은 짜증이 나기도 한 상태였다.

한데 오늘, 우이첨은 하남의 도사(都司)에게서 온 서한을 받고 생각을 바꾸게 되었다.
 통상적인 보고에 가까운 서한인데 그중 한 부분의 내용이 이러했다.

 서가촌이란 작은 마을이 있사온데, 그곳 백성들이 도독 대인께 많은 고마움을 표하고 있습니다. 뿐만 아니라 근처의 크고 작은 마을에서도 도독 대인을 칭송하는 목소리가 높사옵니다.

"칭송?"
우이첨은 얼떨떨한 표정으로 부관을 쳐다보았다.
"내가 뭘 했더라?"
 아무리 생각해도 자신이 칭송받을 만한 일은 한 적이 없었다. 더구나 도독부는 군사 기관으로 민정과는 거리가 멀었다. 일반 백성들이 고마워할 일이 없는 것이다.
 부관이 대답했다.
"금의위에서 최근 서가촌 인근에 충무원이란 훈련소를 만들었습지요. 소인이 알아본바, 그곳에 있는 소년 교두가 원생들을 데리고 마을의 대소사에 큰 도움을 주고 있다 합니다. 서가촌에서 시작했는데 근래에는 서가촌에 할 일이 없어져 다른 마을로 원정까지 다닌다 하더군요."

"희한한 일이로군."

"충무원을 세운 것이 도독 대인의 명이니 모든 덕이 도독 대인께 모이는 것입지요."

우이첨은 그제야 장건을 떠올렸다.

공무 중인 것도 아니었고 사적인 행차에서 교두와 시비가 붙은 일이었다. 도독부로 끌고 와 곤장이나 흠씬 쳐서 돌려보낼 일일지언정 무슨 반역 운운할 정도까지는 아니었다.

금의위에서 반역이네 뭐네 하며 시끄럽게 굴었던 건 어디까지나 소림사를 압박하기 위한 구실에 불과했을 뿐이다.

"거기 교두로 있는 녀석이 진상의 아들인 그놈이었던가?"

"그렇습니다. 종 어사 측에서 그쪽 가문과 연을 맺어 봄은 어떠하냐고 제의가 온 적이 있습지요."

"그랬지."

우이첨은 수염을 만지작거렸다.

"생각해 보겠다 말했던 기억이 나는군."

"강호 무림 세계에서 워낙 손꼽히는 고수들에게 인정을 받은 기재인 데다, 운성방의 재력을 그대로 물려받을 독자라서 조건으로는 나쁜 편이 아니었습니다. 다만 당시 강호 무림 세계의 돌아가는 상황이 좋지 않은데 굳이 강호 무림인과 연을 맺을 필요가 없다고 말씀하시었습니다. 게다가 금의위의 제안이라 찜찜한 구석이 있던 것도 사실이었지요."

"흐음. 지금은 어떤가?"

"요즘 보면 소림사는 아예 강호 무림의 일에서 손을 뗀 것 같다 하고 금의위도 소림사를 더 몰아세우진 않을 것으로 보입니다만…… 아무래도 좀 더 지켜봐야 할 것 같습니다."

"당장 결정할 문제는 아니다, 이 말이렷다?"

"제 생각엔 그렇습니다."

우이첨이 탁 하고 무릎을 쳤다.

"어쨌든 기분은 나쁘지 않군그래."

세상에 칭찬 싫어하는 사람 없다. 그것도 민초들이 칭송한다는데 굳이 마다할 건 없는 일이었다.

"가만있자. 받은 게 있으니 적당히 돌려주면 그럭저럭 나중을 생각해서도 나쁘지 않겠지. 무엇이 좋겠는가?"

"서가촌을 지나는 길이 좁고 오래되어 불편함이 있습니다. 그곳 현령에게 명을 내려 정비토록 하시지요. 인원과 비용을 어느 정도 보조한다면 현령도 환영할 것입니다."

"그리하도록 하라."

부관이 정중하게 허리를 숙여 읍을 했다.

"명을 받들겠습니다. 서가촌에서 도독 대인의 덕이 더욱 빛날 것이옵니다."

*　　*　　*

강호에서 무인들이 명성을 쌓기 위해 피 냄새를 맡고 다닌다면, 상계에선 상인들이 부를 쌓기 위해 돈 냄새를 맡고 다닌다.

그런 상계가 서가촌을 주목하기 시작했다.

운성방의 전표가 서가촌에서 대량으로 돈 사건이 시초였다. 아무것도 없는 시골 촌 동네에 운성방의 자금이 흘러들었다는 사실이 비밀리에 알려지면서 상인들의 예민한 후각을 자극했다.

거기다 갑자기 하늘에서 떨어진 것처럼 생겨난 몇몇 명소는 사람들의 관심을 끌어들이기에 충분했다. 근처의 숭양서원은 물론이고 대법왕사를 찾는 손님들마저도 서가촌을 한 번씩 들렀다.

많게는 하루 수백 명이 넘는 숫자가 왕래하니 밥을 팔고 차를 파는 사람이 하나둘 늘어났다. 찻잎이니 뭐니 재료가 필요하여 몇몇 소상들이 마차와 수레를 끌고 오갔다. 사람이 다니니 돈이 돌고, 새로운 건물이 몇 채씩 새로 들어서고 있었다.

그게 끝이 아니었다.

갑자기 관에서 관도의 정비에 나섰던 것이다.

이러한 일련의 흐름이 무엇을 의미하는가?

서가촌이 개발되고 있다!

운성방의 자금을 기초로 관이 서가촌 대규모 개발 사업에 나섰다는 것이다!

이미 동작이 빠른 몇몇은 서가촌의 땅값이 요동치는 것을 파악하기까지 했다.

본격적으로 서가촌에 상인들이 몰려들었다.

이것은 정작 서가촌에 돈을 푼, 정확히는 소녀들에게 큰돈을 투자한 운성방의 방주 장도윤조차 예상하지 못했던 일들이었다.

     * * *

"으핫핫핫!"

장도윤은 연신 싱글벙글이었다.

손씨 부인이 침소를 정리하고 잠자리를 펴다가 그런 장도윤을 보고 미소를 지었다.

"그리도 좋으십니까?"

"암, 좋고말고!"

"뭐가 그리 좋으십니까?"

장도윤이 부인과 함께 침소에 들며 신이 나 말했다.

"부인, 내 말을 들어 보오."

"예, 상공."

"아무래도 이번 며느릿감 후보들 말이오, 아주 재밌는 아이들인 것 같소."

그렇잖아도 지난번에 며느리들을 시험해 봐야겠다는 얘기만 하고 뒷얘기는 아직 하지 않았던 참이다.

손씨 부인의 얼굴이 궁금증으로 물들었다.

"우리 건이의 일인데 왜 빨리 알려 주시지 않고 소첩을 골리시나요. 섭섭합니다."

장도윤이 그런 부인을 담뿍 정이 담긴 눈길로 바라보며 말했다.

"내 지난번 말했을 거요. 일정량의 자본을 빌려 주겠노라 한 것 말이오."

"그랬지요?"

"한데 그중 한 명이 얼마를 요구했는지 아오?"

"소첩이 어찌 알겠사옵니까."

"놀라지 마시오. 자그마치 일만 냥이라오. 정말 대단한 며느릿감이 아니오?"

손씨 부인이 입을 가리고 놀랐다.

"대체 어느 집안의 딸이 그리도 간이 크답니까? 일만 냥이면 작은 상단을 꾸리고도 남을 큰돈이옵니다."

"우리 집안의 안살림을 부인과 함께 책임질 며느리를 뽑는 일이오. 남들은 몰라도 나 장도윤이가 그만한 돈에 벌벌 떨 수 있나!"

장도윤이 가슴을 치며 호기롭게 말했다.

손씨 부인이 물었다.

"그게 그리도 재미나셨더랍니까?"

"아니오. 그 돈으로 무얼 하려는 걸까 고민했는데 그런 고민을 할 필요가 없어졌지 뭐요. 그 아이뿐 아니라 다들 얼마나 잘하는지 아주 그쪽이 사람들로 북적인다고 하오. 그래서 나도 모르게 흐뭇하여 웃은 것이오."

"예부터 돈이 사람을 부른다고 했지만, 시아버님께선 달리 말하셨지요. 하상은 돈을 좇고 중상은 사람을 좇으며 거상은 스스로 돈과 사람을 부른다고 하셨더랬지요."

"맞소. 지금만 보자면 며느릿감들이 딱 거상의 자격을 갖춘 셈이오. 하하! 당신이 이리도 현명하니 며느리 교육도 걱정이 없겠구려. 앞으로는 자주 소식을 전하라 할 터이니 같이 얘기를 나누고 지켜보도록 합시다."

"과한 칭찬이시옵니다."

"그건 그렇고……."

장도윤이 은근한 눈길로 손씨 부인을 끌어안았다.

"그런 의미에서 작은 며느리를 한 명 더 들이고 싶지 않소?"

손씨 부인이 얼굴을 붉히며 장도윤을 슬쩍 외면했다.

"아이참……."

"어허, 이리 와 보시오."

손씨 부인이 장도윤을 미는 척하자 장도윤이 팔을 당겨서 안았다.

그렇게 세월이 흘렀어도 여전히 금슬 좋은 부부였다.

*　　*　　*

장건은 여느 때처럼 아침 새벽부터 경공으로 길을 달려 출근하는 중이었다.

원래 쓸데없이 몸을 써서 배고파지는 걸 극도로 꺼리는 장건이지만 배고픈 것보다 무서운 건 불편한 것이었다. 화려하고 비싼 마차를 타고 있으면 더 안절부절못하고 불편해져서 참을 수가 없었다.

게다가 허량과의 대결 이후로 훨씬 태극경의 공부가 깊어져서 요즘은 달리는 데에 별로 힘이 들지 않았다. 차라리 달리는 게 마차를 타는 것보다 마음도 편하고 개운했다.

한데 서가촌을 앞둔 대로에서 한 무리의 사람들이 모여 있는 게 보였다.

장건은 또 무슨 일인가 해서 속도를 줄였다.

그러자 모여 있던 사람들이 장건을 보고 달려왔다. 장건이 보니 무인이 아니라 비단옷을 입은 사람들이었다.

사람들이 장건을 둘러싸고 저마다 한마디씩을 했다. 나이 든 이도 있었고 젊은이도 있었다.

"아이고, 장 공자가 아니신가."

"허허, 어렸을 때 본 적이 있는데 참으로 헌앙한 장부가 되었구먼."

"그러게 말입니다. 저도 아주 어렸을 때에 본 적이 있지요."

가뜩이나 형형색색의 요란한 장신구를 걸친 비단옷을 입고 있어 보기만 해도 손발이 오그라드는데 말까지 많아 장건은 정신이 없었다.

"저기, 무슨 일이신지요?"

"아, 이거 실례를 했구만. 돌아가면서 인사를 나누지."

한 명 한 명씩 장건에게 인사를 했다.

"나는 남영에서 온 남화방(南貨幇)의 길산이라는 사람일세. 만나서 반갑네."

"저는 산동상방에서 온 곽가입니다. 지금은 청양의 주포방에 있습니다. 인사차 이렇게 찾아뵙게 되었습니다. 잘 부탁드립니다."

"소인은 동정상방에서 온 안 모라 합니다."

말을 들어 보니 전부 상인이었다. 장건이 차례대로 인사를 나누는 중에 마지막 사람이 인사를 하면서 '약소하네만 우리 성의일세.' 하고 비단 주머니를 건네었다.

장건은 멋모르고 비단 주머니를 받았다. 수행원을 빼고 일곱 명이었는데 장건은 대체로 처음 보는 사람들이었다.

어렸을 때 봤다고 하지만 장건이 기억할 리 만무했다.

상인들은 딱히 이렇다 할 얘기를 하러 온 건 아닌 모양이었다. 그냥 가볍게 몇 마디를 나누더니 나중에 식사라도 같이 하자면서 헤어졌다.

장건은 얼떨떨하게 비단 주머니를 들고선 떠나는 상인들을 바라보았다.

보통은 누군가 불시에 찾아오면 '싸움'이 일어나야 하는데 그러지 않고 떠나니 오히려 허전한 느낌이랄까?

하지만 사실은 이게 강호가 아니라 평범한 보통의 세상에서 살아가는 모습일 터다. 내년부터 장건이 살아야 할 그런 일상적인 삶이다.

장건은 이제 집으로 돌아갈 때가 얼마 남지 않았다는 걸 피부로 느꼈다.

"그나저나 갑자기 무슨 일인 거지?"

* * *

이제는 하루의 일과 중 하나로 당당하게 자리 잡은 저녁의 소모임.

장건이 퇴근을 하면 하루는 무관에서, 하루는 반점에서 하는 식으로 돌아가며 모인다.

오늘은 백리연의 다관에서 모임을 가졌다.

장건은 아침 일을 얘기하고 소녀들에게 비단 주머니를 보여 주었다.

"어디 봐."

양소은이 거침없이 비단 주머니를 펼쳤다.

곱게 싸인 비단 안에서 천 냥짜리 전표가 나왔다.

비록 수천 냥씩 융통해서 쓰고 있는 소녀들이었지만 그렇다고 천 냥이 결코 적은 돈은 아니었다.

하연홍이 손으로 입을 막으며 놀랐다.

"와…… 인사로 천, 천 냥을……?"

요즘 들어 돈에 더 민감해진 소녀들이라 눈빛이 보통 반짝이는 게 아니었다.

제갈영이 눈을 빛내면서 장건을 보았다.

"오라버니, 이거 받을 거지?"

장건은 약간 떨떠름한 표정을 지었다.

"글쎄…… 이 돈을 받아도 될까? 안 될 거 같은데……."

장건으로서는 이런 일이 처음이라 난감했다. 게다가 노력

없는 공짜 취득은 장건이 별로 좋아하지 않는 일이었다.
 제갈영이 장건의 팔을 붙들고 흔들었다.
 "있잖아, 그럼 어차피 그냥 생긴 돈인데 나 새로 나온 노리개 사 주면 안 돼?"
 "노리개?"
 "응응! 건너 마을에 다녀오다 봤는데 이이이이쁜 거 있더라."
 뜬금없이 제갈영이 물욕을 드러내자 장건은 눈만 꿈벅거리면서 당황스러워했다.
 "어어, 그게……."
 "사 줘, 사 줘!"
 제갈영이 장건의 팔을 붙들고 흔들었다.
 "어차피 공돈이잖아. 영이 노리개 하나 사 주는 게 그렇게 아까워어어?"
 장건은 진지하게 고민했다.
 일단 공돈이라는 걸 받아도 괜찮은지, 그 돈을 함부로 써도 되는지, 또 공돈이라 하더라도 '별로 쓸모 있을 것 같지 않은' 노리개를 사 주는 게 아깝지 않은 일인지.
 장건이 고민하는 동안 다른 소녀들은 갑작스러운 긴장감을 느꼈다.
 제갈영의 행동에 위기의식이 느껴졌던 것이다.

백리연이 갑자기 하얗고 가느다란 손목을 쭉 내밀었다.

"아, 요즘 신강에서 들어오는 화전옥(和田玉)이 그렇게 인기라던데…… 그걸로 팔찌 같은 거 하면 좋겠다."

백리연까지 그러자 양소은도 에라 모르겠다 하며 끼어들었다.

"다 사 줄 거면 나도 사 줘!"

"아니, 아직 사 준다고 안 했는데요? 갑자기 누난 뭘 또 사 달라는 거예요."

"어…… 글쎄?"

양소은이 고민하다가 대답했다.

"아하하, 창끝에 달 수실이나 뭐 그런…… 거?"

역시 양소은다운 말이었다.

자연스레 다음 시선이 하연홍에게 향했다. 하연홍은 얼굴을 붉혔다.

"난 뭐 가락지라도……."

당연히 장건은 난감했다. 돈도 어떻게 처리해야 할지 모르겠는데 그 돈으로 뭘 자꾸 사 달라고 하니 어쩔 줄을 몰랐다.

그걸 왜 사 줘야 돼? 하고 묻고 싶었지만, 어쩐지 물어보면 안 될 것 같았다. 사 달라는 대로 사 줘야만 할 분위기였다. 소녀들의 눈빛이 장건을 등골을 서늘하게 만들었다.

'어째서?'

그건 마치 절대고수가 내뿜는 기세와도 같았다. 안 해도 되는데 하지 않을 수 없는 것……

장건은 이마에 땀까지 났다.

"하하하……."

그냥 어색하게 웃어 보았지만 분위기는 풀리지 않는다.

장건은 누구라도 도와줬으면 하는 간절한 바람이었다. '이런 건 무공으로 어떻게 안 되나?' 싶은 생각이 들기까지 한 것이다.

그런데 돌연 제갈영이 태도를 달리했다.

"아니다! 생각해 보니까 난 필요 없겠다."

"응?"

"영이는 오빠만 있으면 돼. 노리개는 그냥 해 본 얘기였어."

제갈영이 그렇게 간단히 했던 말을 바꿔서 혼자만 쏙 빠져나가 버리자, 나머지 소녀들은 순식간에 바보가 된 기분이었다.

아차!

괜히 자기들만 이상한 속물이 되고 말았다.

'저 영악한 게?'

'어이없게 무슨 짓이야?'

이까짓 일로 갑자기 심계를 걸어 올 줄 누가 알았겠는가!

제갈영의 잔술수에 걸린 소녀들은 속으로 황당해했다.

가뜩이나 최근에 제갈영이 잔꾀를 부려 장건을 돈벌이에 이용해 먹은 것도 용서할 수가 없어 벼르고 있는 중이었는데, 이렇게 또 수작질을 하다니!

하필이면 제일 먼저 걸려든 백리연의 얼굴 표정은 셋 중에서 제일 참담했다. 백리연의 표정이 웃는 듯 마는 듯 이상하게 어색해졌다.

백리연은 억지로 웃었다.

"호……호호, 나도 해 본 말이에요. 옥 같은 게 뭐가 필요하겠어요. 그냥도 예쁜데."

그러자 기다렸다는 듯 제갈영이 팔짱을 끼고 비웃었다.

"헹? 그런 거 같지 않던데?"

"호호, 그럴 리가 없지. 나는 장신구 같은 게 필요 없는 사람이잖니?"

"낮에 장사할 때 주렁주렁 차고 있는 건 뭔데?"

"호호호…… 그거야 그냥…… 얘는, 호호호."

백리연은 궁지에 몰려서 횡설수설했다.

"그러니까 괜히 거짓말하지 마. 필요하면 사 달라고 해야지. 속물인 거야 뭐 전부터 알고 있었는걸?"

"누, 누가 속물이……."

제갈영의 공격에 백리연은 반격도 못 하고 쩔쩔맸다.

양소은과 하연홍이 긴장했다.

순망치한(脣亡齒寒)이라, 잇몸이 없으면 이가 시리다. 백리연이 당하고 나면 자기 차례다!
　하연홍과 양소은이 어떻게 위기를 모면할까 전전긍긍하고 있는데, 백리연이 바들바들 떨면서 말했다.
　"원래 여자는 치장을 해야…… 예쁜 거야. 진짜 여자가 어떤 건지도 모르면서…… 안 그래, 동생? 응?"
　제갈영은 짐짓 놀라는 척했다.
　"아얏! 본색이 드러난다! 얼굴에 막 힘줄 막 생긴 거 봐, 막. 동생동생하는데 막 잡아먹을 거 같아. 으앙!"
　바르르르르.
　양소은이 이때다 싶어 잽싸게 끼어들었다.
　"싸우지들 마. 너넨 맨날 무슨 말만 하면 싸워 대고 그래? 전생에 무슨 부녀지간이었어?"
　싸우던 제갈영과 백리연을 동시에 멈추게 만든 한마디였다.
　부녀지간?
　둘이 어이가 없어 양소은을 쳐다보았다.
　"그건 댁네 부녀지간이나 그런 거야!"
　"왜 멀쩡한 남의 집안을 막돼먹은 집안으로 만드시죠?"
　양소은도 벌컥 화를 냈다.
　"뭐? 그럼 우리 집이 막돼먹었단 거야? 이것들이!"
　예고도 없이 무공으로도 말릴 수 없는 싸움이 시작되었다.

하연홍은 셋과 그렇게 치고받을 정도로 친한 사이도 아니고 해서 그냥 잠자코 있었다.

셋이 티격태격하는 동안 하연홍이 장건에게 조심스레 물었다.

"저기, 넌 치장하는 여자 싫어해?"

그 순간 거짓말처럼 말싸움이 멈추고, 소녀들이 장건을 주목했다.

"글쎄……."

장건은 뒷머리를 긁적였다.

소녀들이 귀를 쫑긋 세웠다. 장건이 뭐라고 대답하느냐가 앞으로의 삶을 좌우할 수 있다. 시답잖은 말싸움보다 더 중요한 일이었다. 나중엔 장신구 하나 살 때마다 엄청난 투쟁(?)을 해야 할 지도 몰랐다.

장건이 생각해 보다가 대답했다.

"그게 뭐 중요한가?"

네 소녀들이 이구동성으로 외쳤다.

"중요하지!"

장건은 '윽' 하고 고개를 흔들었다.

"사실 한 번도 생각해 본 적이 없어서 잘 모르겠어요."

소녀들이 다그쳤다.

"이런 중요한 일을 생각해 보지 않다니!"

"나중에라도 생각해 볼게요."

"생각해 보고 꼭 알려줘야 해. 꼭?"

"하하…… 알았어요."

백리연이 제갈영을 째려보며 살짝 조소했다.

"어머? 생각해 보니까 아까 누구는 필요 없다고 했던 거 같은데?"

제갈영이 정색했다.

"그건 아까 얘기지."

"동생…… 보기보다 뻔뻔하네?"

"언니는 왜 사람을 안 보고 거울 보고 얘기하시는지 모르겠네요?"

바들바들.

바르르르.

분위기가 또 달아오르기 시작했다.

본래 그런 재주도 없건만 슬슬 적응되었는지 장건은 변죽도 좋게 화제를 돌렸다.

"그나저나 이 돈을 어떻게 해야 할까요? 아무래도 돌려주는 게 낫겠죠?"

천 냥이 적은 돈은 아니지만 굳이 연연할 정도도 아니었다. 소녀들이 싸움을 멈추고 저마다 의견을 냈다.

"관직을 이용해서 불법적으로 취한 이득도 아니고 대가가 있는 것도 아니니까 굳이 돌려주지 않아도 되지 않을까?"

"대가가 없더라도 괜히 꼬투리 잡힐 일은 하지 않는 게 좋지."

"대가가 없는 건 아니지. 나중에 잘 봐 달라고 하는 거니까."

"하지만 지금 있는 공직과는 전혀 상관이 없으니 인사 정도라고 봐야죠."

"세상에 공짜가 어디 있어. 그게 다 빚이야."

"근데 굳이 돌려주는 것도 모양이 이상하지 않겠어요? 앞으로 장 소협은 상계에서 계속 살아갈 사람이고 그럼 적당히 친분을 유지하는 것도 중요할 텐데."

"그것도 그러네."

반반 의견이 갈려서 결정이 안 났다.

결국 고심 끝에 장건이 결정을 내렸다.

"그냥 돌려 드리도록 할게요. 저는 지금 이런 큰돈이 필요하지 않으니까요. 수입과 지출의 이유가 명확한 게 진상의 덕목이랬어요."

단호한 장건의 모습에 네 소녀들은 살짝 감동을 받았다.

그랬다. 겉으로는 엄청난 짠돌이고 돈만 밝힐 것 같은 수전노처럼 보이지만 분에 맞지 않는 큰돈은 사양할 줄도 아는 멋진 남자가 장건인 것이다.

"준 사람이 누군진 알아요?"

"남화방이랑 산동상방이랑 동정상방에서 오신 분이랬어요."

백리연이 말했다.

"아아, 누군지 알겠어요. 요즘 저희 다관에 자주 와요. 여기에 분점을 낸다고 하던데요. 제가 내일 돌려줄게요."

"그래 주실래요?"

장건이 비단 주머니에 싸인 천 냥짜리 전표를 백리연에게 건넸다.

"부탁드려요."

"네. 기꺼이요."

"……"

"주세요."

"네."

"놓으세요."

"네……."

"저기……."

"……."

"장…… 소협?"

장건이 민망한 얼굴로 웃었다. 손을 바들바들 떨면서 전표를 놓지 못하고 있었다.

"아하하…… 이상하게 손이…… 아하하. 제 손이 왜 이럴까요? 손이 말을 안 듣네요."

소녀들의 눈이 퀭해졌다.

그럼 그렇지!

역시 장건인 건가!

한동안 장건은 손에서 비단 주머니를 놓기 위해 꽤 고생을 해야 했다.

*   *   *

소림사.

원호는 월례 회계 회의에서 도감승 원타로부터 보고를 듣고 있었다.

"……하여 법회에서 사용된 비용이 이천이백오십 냥, 수입이 천오백십칠 냥으로 칠백삼십삼 냥의 손해를 보았습니다. 내달 포교에 필요한 준비 비용 오백 냥을 이달에 감하고, 다가온 춘궁기(春窮期)를 위해 일차로 구휼미를 준비하는 데 전달의 준비금을 포함하여 일천구백 냥을 썼습니다. 합산하여, 이달은 총 손해금이 일만 팔천이백삼십 냥이 발생했습니다."

소림사의 수입이나 지출은 딱히 일정하지 않다. 연초에 보릿고개가 심하게 발생하면 구휼미를 더 많이 풀어 적자가 나고, 풍년이 되면 가을에 속가로부터의 희사와 일반 향객들의 공양이 많아져 흑자가 난다. 그래서 연간 재정이 얼추 맞춰지거나 하는 식이다. 어차피 승려가 주축이므로 모자라면 좀 굶지 뭐, 하고 생각하는 경향이 크기도 하다.

하지만 그렇다고 해도 한 달 손해가 이만 냥에 가까운 것은 결코 가벼운 일이 아니었다.

진상 같은 거대 상방이 일 년에 유통하는 자금이 수백만 냥이고 중소 상단은 오륙십만 냥 정도다. 하지만 그중 수익은 잘해야 삼 할뿐이다. 그러니 소림사의 월 이만 냥의 손실은 사실 어마어마한 수준인 것이다.

도감승의 보고를 들은 원주들은 놀란 눈으로 원호를 쳐다보았다.

원호가 자리에서 벌떡 일어나 소리치듯 되물었.

"그게 사실인가? 손실이 일만 팔천 냥이라고?"

원타가 대답했다.

"예."

원호와 다른 원주들이 서로를 돌아보았다.

심각해 보이는 표정이다.

그러다가 원호가 재차 의심스러운 목소리로 물었다.

"정말 그것밖에 안 돼?"

"정확합니다. 세 번의 셈을 하였는데 모두 같았습니다."

원호의 얼굴이 씰룩거렸다.

화를 내는 것인지 웃는 것인지 알 수가 없는 표정이었다.

그런데 갑자기 원호가 크게 외쳤다.

"고작 일만 팔천 냥뿐이라니!"

원주들 역시 자리에서 일어나 왁 하고 소리를 지르듯 말을 내뱉었다.

"하하하! 대단한 호황이군요!"

"이런 경사가 다 있을 줄이야!"

"마땅히 축하해야 할 일입니다."

서로를 돌아보며 반장을 하는 원주들이었다.

"정말 잘되었습니다."

"아마도 근 십 년 내에 가장 최저의 손실일 것입니다."

"다른 때도 아니고 보릿고개를 앞두었는데 겨우 일만 팔천 냥이라니요. 믿을 수가 없습니다. 나무아미타불!"

원주들은 저마다 불호를 외며 마음을 가라앉히느라 애썼다. 작년만 해도 같은 달에 오만 냥이 넘는 손해가 났었다.

심할 때는 뭔가 자꾸 부서지고 박살이 나서 팔만 냥이 넘어갔던 때도 있었다. 가을에 어찌어찌 메웠다고는 해도, 생각해 보면 어떻게 그런 어마어마한 손해를 내면서 매해 버텨 왔는지 신기할 지경이었던 것이다.

도감승 굉정의 회고에 의하면 그야말로 하루하루 벼랑 끝에 서 있는 기분이었다고 할 정도였으니⋯⋯.

잠시 진정하고 숨을 돌린 원호가 원타에게 기대하는 투로 물었다.

"하면 어떻게⋯⋯ 올해엔 여유가 좀 나겠는가?"

원주들이 조용히 원타의 답변에 귀를 기울였다.

그러나 원타는 고개를 저었다. 원주들 중에 유일하게 좋지 않은 표정을 짓고 있는 사람이 원타였다.

"근래 들어 가장 낮은 손해를 본 것이지만, 이미 지난번 진산식 때 일곱 군데의 지부를 정리하지 않았습니까?"

"하나 그것으로 남은 건 없다고 하질 않았는가."

"그렇지요. 남은 건 없는데 작년에 그 일곱 군데의 지부가 이만 냥의 손실을 내고 있었지요. 그게 빠져 버리니 덩달아 손실이 확 준 것입니다."

"으음."

"심각한 적자에서 좀 더 안정적인 적자로 들어섰다, 그리 보시면 정확합니다. 손해를 보는 건 마찬가지인데 여유가 있겠습니까."

"손해가 줄긴 한 것이나 사정은 나아지지 않았다는 뜻인가?"

"재정이 적자 상태니까 현재로서는 딱히 융통할 수 있는 자금이 없습니다. 그래도 이만 냥과 오만 냥은 엄청난 차이가 있지요. 다음 분기의 재정을 꾸리는 데 많은 도움이 될 겁니다."

"묘하구먼……."

지금 이 순간 원호는 당연히 장건을 떠올릴 수밖에 없었다.

원타도 원호의 생각과 마찬가지였는지 자신 있게 말했다.

"것 보십시오. 제가 그러지 않았습니까. 그 아이를 보내야 산다고. 그나마 재정이 한결 나아진 건 다 제 말대로 아이를 내보냈기 때문입니다."

"또 그 얘긴가?"

"그 아이가 보이지 않는 것만으로 이만큼 나아진 거라고는 생각되지 않으십니까?"

한 원주가 의문을 제기했다.

"하지만 매일 출퇴근을 하고 있으니까 아주 보냈다고 하기에도 좀 그렇잖은가. 아이의 악운이 올해 아주 나빠진다고 했는데 이 정도밖에 안 되는 걸 보면, 송구하지만 금오 대사의 말씀이 틀린 것이 아닌가 싶기도 하고……."

원타가 그게 뭐 대수냐는 듯한 표정으로 대답했다.

"누가 압니까? 중군도독부 쪽으로 출근을 하고 있으니 그쪽과 반반 나눠 가진 건지."

"나누다니 뭘 말인가?"

"궁신(窮神)을요."

"……."

원호가 원타를 타박했다.

"에이, 설마 그럴 리가 있겠는가. 사제의 마음은 이해하나 자꾸 승려로서의 본분을 망각하고 허황된 소리를 하지 않길 바라네."

생각해 보니 원타 스스로도 민망했는지 약간 쑥스럽게 웃었다.

"좀…… 그렇긴 하지요?"

"당연히 그렇지, 이 사람아. 궁신을 나눠 가지다니, 그 무슨 말도 안 되는 얘기인가."

"하하하……."

원주들이 죄다 민망하게 웃었다.

"어쨌거나 한숨 돌리게 된 것만으로도 당장으로선 충분하지 않겠습니까. 어차피 저희가 수익을 목적으로 하는 장사꾼도 아니고요."

"그러합니다. 앞으로 더 잘하면 되지요!"

"다음 분기까지 모두 힘내 봅시다!"

원주들은 밝은 얼굴로 회의를 이어갔다.

그간 오죽 시달렸으면…….

이만 냥의 어마어마한 적자가 났는데도 예년보다 덜 났다고 좋아서 어쩔 줄 모르는 소림사의 수뇌부였다.

* * *

중군도독 우이첨은 요즘 아침마다 자신에 대한 소문을 듣는 게 낙이었다.

자고 나면 여기저기에서 칭송이 들려오니 기분이 좋지 않을 수가 없었다. 그동안 딱히 신경도 써 본 적이 없기에 갑자기 들려오기 시작한 칭송들이 더욱 듣기 좋았다.

한편으로는 살짝 민망하기도 했다. 그게 자기가 뭔가 잘해서 받은 칭송이 아니라 남의 행동으로 얻은 칭송인 탓이었다. 그래서 약간 과하게 베풀기도 했다. 좋은 얘기가 들려오면 그만큼 은혜를 베풀었다.

하지만 그것도 '적당히'라는 게 있는 법이다.

"또?"

"예. 아무래도 생각보다 소문이 많이 퍼진 모양입니다. 하남은 물론이고 안휘나 호북에서도 갑자기 도독 대인을 칭송하는 말과 글들이 많이 나오고 있다 합니다."

우이첨의 얼굴이 일그러졌다.

이런 경우는 정말 난감하다.

"할 수 없지. 적당히 곡량이라도 챙겨 보내. 쯧, 이게 벌써 몇 번째야?"

"하지만 벌써 예정에도 없는 지출이 상당합니다. 황궁이 요청하여 출자한 금액이 적지 않은 데다, 혹시 모를 무림 문파와의 분쟁에 대비한 대규모 훈련 일정도 그렇고……."

우이첨이 탁자를 주먹으로 탕 하고 내리쳤다.

"그렇다고 이제 와서 못 주겠다고 해? 그럼 내 꼴이 뭐가 되겠나. 입궁할 때 대신들에게 웃음거리나 되란 말인가! 나를 칭송하던 백성들은 또 뭐라고 하겠어. 하루아침에 죽일 놈이 될 터인데."

아예 처음부터 안 했으면 모를까 하다가 말면 더 안 좋은 소리를 듣기 마련이었다.

부관이 쩔쩔매며 대답했다.

"어떻게든 해 보긴 하겠습니다만…… 자꾸만 다른 부서의 예산을 가져다 썼다간 무슨 소리가 나올지 모릅니다."

"에이잉."

뭐든 과하면 독이 된다더니…….

우이첨은 꼭 늪에 한 발을 담근 기분이 들었지만 별수 없었다. 적당히 사재를 털 수밖에.

기분이 좋지 않아진 우이첨이 투덜거렸다.

"도대체 현령들은 뭘 하고 있는 거야?"

"현령들도 난감한 것이…… 못 해 주겠다고 하면 왜 다른 덴 다 해 주고 자기네는 못 해 주느냐며 난리가 난다고 합니다. 게다가 올해 춘궁기가 보통 때보다 더 극심하여……."

우이첨은 어이가 없는 얼굴을 했다가 곧 이를 갈며 화를 냈다.

"이것 숫제 도둑놈도 아니고, 물에 빠진 사람 건져 냈더니 보따리도 내놓으라는 건가?"

돈이 술술 빠져나가는 느낌이었다.

그런데 그때 집무실 밖에서 전령이 도착했다.

"도독 대인께 양 첨사로부터의 급전입니다!"

부관이 문을 열자 전령이 들어와 급히 무릎을 꿇었다. 한데 전령의 얼굴이 새하얗게 질려 있었다.

"또 무슨 일이야!"

전령은 우이첨의 노호성을 듣고서도 바로 말을 하지 못하고 있다가, 떨리는 입술로 겨우 입을 열었다.

"양 첨사가 운남 관로에서 상덕관을 통과하던 중에 산적 떼의 습격을 받아 수레를 강탈당했다고 합니다."

"뭐라고?"

우이첨은 잠시 당황했다.

도독첨사 양규는 은원보를 대량으로 운송 중에 있었다. 강호 무림 정비 계획의 이행을 위해 황제가 오군도독부에 직접 출자를 명한 자금이었다.

그게 물경 십만 냥이다.

이번 강호 무림 정비 사업에 얼마나 황제가 신경을 쓰는지 알고 있었기 때문에 각 군 도독 다섯 명이 무리해서 갹출한 금액이다.

그걸 도성으로 운송하다가 강탈당했다는 것이다.

십만 냥어치의 은원보를 가득 실은 수레를!

우이첨이 미친 듯 소리를 질렀다.

"당장 인근의 전 관아에서 관병을 모아! 무슨 수를 써서라도 찾으라고 해!"

"예!"

전령이 즉시 명을 받고 뛰어나갔다.

털썩.

우이첨은 망연자실 의자에 주저앉았다. 얼굴에 당혹감과 분노가 동시에 어렸다.

좀 더 주의를 기울여야 했다. 가뜩이나 나라가 혼란한 와중이었다. 대문파를 견제하기 위해 무기 소지 통행의 규제를 풀었고 이 때문에 거의 대부분의 무림인들이 자유롭게 무기를 소지할 수 있었다. 눈만 뜨면 여기저기서 비무행을 벌이고 다녔다.

그러던 중에 어떤 미친놈들이 갑자기 눈이 돌아갔을 수도 있는 노릇이었다. 견물생심이라고, 손에 칼 든 자 몇이 모이면 사고가 생기지 말란 법이 없는 것이다.

애초에 어중간한 산적 떼들이 완전 무장한 관군의 수송 행렬을 습격할 수 있을 리도 없고, 또 그렇게 크게 한탕 하고 달아난 자들을 찾기도 쉽지 않은 법이다.

그런 의미에서 어쩌면 이것은 예고된 재난일 수도 있었다.

하지만 진짜 문제는 그게 아니었다.

부관이 급히 말했다.

"이번 자금의 조달을 저희가 주관했기 때문에 이 사실이 알려지면 당장에 다른 도독들이 가만있지 않을 것입니다."

진짜 문제는 운송의 책임을 우이첨이 져야 한다는 점이었다. 쉽게 말하자면 우이첨이 사고 난 금액의 전부를 물어내야 하는 것이다.

우이첨은 머리를 싸매 쥐었다. 아무래도 도적들을 잡기 전에 먼저 자기 돈으로 때워 놔야 할 것 같았다.

"으윽!"

십만 냥. 되찾을 수 있을지 없을지 모르는 큰돈이 뭉텅이로 날아갔다. 가진 재산 중에 당장 현금으로 바꾸기 어려운 걸 처분하려면 더 많은 손해를 감수해야 할지도 몰랐다. 권력은 금력(金力)과도 상통한다. 돈이 없으면 권력이 삐걱거리기 마련이다. 그게 더 무서운 일이었다.

"할 수 없지. 당장 급한 불부터 꺼야 하니……."

어쩔 수 없이 사재를 털어야 했다.

"이놈들…… 잡으면 온몸의 가죽을 벗겨 죽이고 말 거다."

우이첨은 벌렁거리는 속을 붙들고 애써 마음을 진정하려 했다.

그러나 거기에서 끝이 아니었다.

우이첨은 이후로도 재정과 관련된 안 좋은 소식을 몇 개나 더 접해야 했다.

비가 와서 창고 지붕이 무너지고 그 안에 있던 군량들이 죄다 비를 맞아 썩어 버렸다거나, 납품받은 무기 손질용 동백유(冬柏油)가 불량이어서 그걸 바른 창칼의 쇠붙이가 겨우내 죄다 녹이 슬어 버렸다거나 하는 어이없는 일들의 연속이었다.

하루에도 그러한 크고 작은 사건사고들이 십수 번씩 일어났다.

그러다 보니 우이첨은 위기를 느낄 수밖에 없었다. 이런 얘기가 황제의 귀에 들어가면 관리도 못하고 무능하다는 질책을 받게 될 터였다.

신임을 잃을 수는 없었다. 어지간한 일은 사재를 털어서라도 입막음을 할 수밖에 없는 처지인 것이다.

뚫린 바가지 물 샌 줄 모른다고, 아무리 사소한 지출이라도 그게 계속되니 우이첨의 재산은 점점 눈에 띄게 줄어갔다.

우이첨의 입장에서는 궁신이라도 들러붙은 것인지 의심스러운 상황이 아닐 수 없었다.

단언컨대 이런 거지같은 상황은 그가 중군도독으로 취임한 이래 처음이었다.

하루하루 우이첨은 늙어 갔다. 흰머리가 늘어나고 눈은 푹 꺼졌다.

그 와중에도 민초들은 여전히 우이첨을 찬양하고 있었다. 그러나 한편으로는 쉬지 않고 지원을 요구해 댔다. 촌락 단위를 넘어서서 현 단위로 지원 요청이 몰려왔다.

일부 정신 나간 현령들은 왜 자기들 차례가 늦는지 모르겠다며 투덜거린다는 얘기까지 들려왔다.

우이첨은 치를 떨었다. 사방에서 돈돈 거리니 미칠 지경이었다.

이건 숫제 거머리도 아니고! 돈을 쭉쭉 빨려서 바싹 말라가는 기분이었다. 가만히 있으면 순식간에 집안이 거덜 날 것 같았다.

"왜 갑자기 이런 일들이 생기는 거지?"

우이첨은 억울한 생각마저 들었다.

정말이지 끔찍한 나날들이었다.

제2장

각서 한 장이……

강호에서의 관심이란 건 요물 같아서 사건사고가 터지지 않으면 오래가지 못하기 마련이다.

매일매일 새로운 소식이 쏟아지는 와중에 옛날 소식 같은 걸 되새길 시간 같은 건 부족할 수밖에 없다. 사실 하루만 지나도 까맣게 잊고 있다가 나중에 관련 소식이 다시 들려오면 '아하, 그때 그랬던가?' 하고 되새기는 것이다.

장건도 어느샌가 강호의 관심사에서 살짝 벗어나 있는 듯했다. 상계와 강호의 구분이 있으니 아무리 상계에서 인기인이라 하더라도, 신창이나 환야 사건 이후 딱히 구설수에 오를 일이 없었다.

그러나 장건을 지켜봐야 하는 문파의 감시자들, 그들에겐 이 지루하고 평온한 일상이 가시방석이나 다름없었는데…….

백리연의 다관이 성업함에 따라 그 옆에 하나둘 다관들이 생겨나 있었다.

화산파의 속가 제자 오원은 그중 한 곳에 자리를 잡았다.

딱히 할 일도 없기 때문에 거의 매일 아침 이곳을 찾아 하루 종일 죽치고 자리를 지킨다.

오원이 한 손으로는 턱을 괸 채 다른 손으로는 두 뼘 정도 되는 작은 수건을 들어 괜히 허공을 휘휘 저어 댔다. 무료하기 짝이 없는 표정이었다.

그때 오원의 반대편에 젊은 남자 한 명이 와 앉았다.

"벌써 와 있었소?"

"아, 차 형."

차웅은 청성파의 제자였다.

이윽고 다른 한 명이 한 손에 긴 빗자루를 든 채 다가오며 반갑게 인사했다.

"형님들 아침 식사는 하셨습니까?"

"어, 아우님 어서 오시게."

뒤를 이어 다른 한 명이 나타났다.

"어이쿠, 늦었습니다."

"좋은 아침이오, 강 형."

다른 둘은 각기 모용가와 곤륜파에서 파견을 나온 이들이었다.

넷은 어색함도 없이 웃는 얼굴로 둘러앉았다. 사실은 어색하지 않은 것이 어색한 묘한 사이였다.

본래 모종의 임무를 띠고 왔는데 드러내놓고 교분을 나눌 수는 없는 처지. 하지만 그것도 하루 이틀이지, 매일 얼굴을 마주치는데 계속 민망하게 모른 척할 수는 없었던 것이다.

결국 어쩌다 한 인사 한 번이 통성명으로 이어지더니 지금처럼 친한 관계로까지 발전했다. 게다가 서로 간에 같은 목적으로 왔다는 것을 알고 있었기에 동질감을 느껴서인지 더 사이가 돈독해졌다.

이십 대의 모용서를 제외하고 다른 이들은 나이도 비슷한 사십 대여서 친해지는 것도 어렵지 않았다.

차웅이 빗자루를 들고 나타난 모용서를 보고 핀잔주는 투로 농담을 던졌다.

"거, 모용 아우님, 아침부터 너무 열심히 하지 마시게. 그럼 우리는 노는 걸로 보이잖나."

곤륜파의 속가 제자인 강모가 헤실거리고 웃었다.

"자고로 비전 무공 수련은 남들 눈에 띄어서도 안 되고, 티를 내서도 아니 되는 걸세. 모용 아우님은 너무 대놓고 수련하는 것 같아."

모용서가 민망한 얼굴로 말했다.

"에이, 이게 어디 남몰래 할 만한 일이기나 합니까?"

말이 끝나기도 전에 네 사람은 다관 밖으로 시선을 돌렸다.

사악사악.

네 사람의 시선 끝에서 점원 한 명이 다관 밖을 쓸고 있었다.

그런데 평범하게 빗자루를 놀리는 게 아니라 어딘가 굉장히 부자연스러운 모습이었다. 보기에도 불편하게 경직된 동작으로 왔다 갔다 한다. 누가 보면 관절이라도 아파 그런 듯하다.

최근 서가촌에서 일어나는 유행이었다.

충무원의 수련생들이 하도 저 모양으로 온 동네를 돌아다니니 호기심에 한 명 두 명 따라 하기 시작한 게 유행으로 번졌다.

요즘은 누가 더 딱딱하게 움직이는가 내기까지 벌어지곤 할 정도였다.

사람들이야 재미로 그런다지만, 정작 여기 있는 이들에게는 꽤 곤혹스러운 일일 수밖에 없었다.

화산파의 속가 오원이 손에 든 수건을 허공에 던지듯 펼치더니 양손을 날렵하게 움직였다.

타탁 소리가 나더니 순식간에 수건이 반듯하게 접혀 손에 들렸다. 보통 손놀림이 아니다.

하지만 오원은 한숨을 내쉬었다.

"여기 와서 알아낸 거라곤 겨우 비질하는 법과 수건을 빨리 접는 법뿐이네. 그나마도 이 마을에서 못 하는 이가 없으니 도대체 이젠 여기서 무엇을 더 알아낼 수 있을지도 잘 모르겠고."

그 말에 모용서가 쓴웃음을 지었다.

"그래도 오 형님은 저처럼 따귀는 안 맞았잖습니까."

모용서는 얼마 전 상황 보고를 받으러 온 가문의 어른 앞에서 비질을 하고 수건 접기를 했다가 따귀를 맞았다고 했다. 가문의 중요한 일을 하라 보냈더니 쓸데없는 짓이나 하며 놀고 있었다고…….

그게 얼마나 충격이었는지 모용서는 삼 일을 술만 마셔 댔었다.

다른 세 사람도 우울한 얼굴을 했다. 따귀만 안 맞았지 그들도 보고를 하면 소속 문파에서 비슷한 반응을 보일 게 뻔했다. 이쪽은 정말 진지한데 보는 사람들에겐 그게 그저 재미난 장난처럼 느껴지는 것이었다. 당장에 서가촌 사람들이 죄다 유행처럼 장건의 동작을 따라하는 것도 같은 맥락이 아니겠는가.

잠시 씁쓸한 얼굴로 서로를 보다가 차웅이 말했다.

"그런데 말이오, 상황을 보아하니 다른 이들도 몇몇씩 짝을 지어서 연구회 같은 걸 조직한 모양이외다."

확실히 지금 상태로는 누구라도 비슷한 처지일 터였다. 장건의 해괴한 수련에서 자파 무공의 흔적을 찾아내는 일은 그야말로 난해하기 그지없었다.

결국 다른 감시자들도 머리를 맞대고 조금이라도 더 지혜를 모으는 쪽을 선택한 것이다. 일종의 품앗이였다.

강모가 인상을 썼다.

"우리에게 좋은 소식은 아니구먼. 까딱하다가는 우리만 뒤처질 수도 있겠어. 우리도 뭔가 해야 하지 않겠는가?"

오원이 동의했다.

"이러다가 다른 쪽에서 먼저 성과를 내기라도 하면 우리는 문파로 돌아가서도 질책을 면하기 어려울 걸세."

가뜩이나 놀고 있다고 오해를 받는 판이다. 다른 데보다 뒤처지고 성과까지 못 내면 얼굴을 들고 돌아갈 수가 없다.

"어쩐다……."

넷은 끙끙대고 한참을 고민했다. 그러다가 모용서가 조심스럽게 의견을 냈다.

"저기, 이런 방법은 어떻습니까?"

"뭔데?"

"직접 부딪쳐 보는 겁니다."

"응?"

세 사람이 설명을 더 요구하는 눈빛으로 모용서를 쳐다보았다. 모용서는 주변을 두리번거리더니 귀엣말을 하듯 셋의 머리를 모아 놓고 나지막하게 말했다.

"제가 듣기로 말입니다. 소림소마에게 크게 당했지만 놀랍게도 중상을 입은 사람이 없다고 합니다."

세 사람이 고개를 끄덕거렸다.

"나도 그 얘긴 들었네. 거의 삼 일 정도를 혼수상태에 빠져 있다가도 깨어나면 멀쩡해진다고 했네."

"나도 비슷한 얘기를 들었습니다. 개중에는 코까지 골면서 자는 이도 있다더군요. 일어나면 잘 잤다고 기지개를 편답니다. 처음 들었을 땐 무슨 말도 안 되는 소린가 했는데······."

모용서가 말했다.

"그러니 말씀드리는 거지요. 저희가 소림소마의 무공에 대해 아는 건 극히 일부입니다. 이런 상태에서 저 괴상한 수련을 두 눈 부릅뜨고 지켜본대도 한계가 있을 수밖에 없습니다. 차라리 직접 손을 섞어 보자는 겁니다. 그래서 겪어 보고 나면, 소림소마의 무공을 연구하는 데 도움이 되지 않겠습니까? 크게 다칠 일이 없으니 밑져야 본전이고요."

"호오, 그거 일리 있는 얘길세."

다들 모용서의 의견에 수긍했는데 오원이 살짝 우려의 표정을 지었다.

"한데 우리가 소림소마를 몰래 습격하거나 할 수는 없는 일이고, 결국 방법은 비무를 청하는 길뿐 아닌가. 문제는 정식 비무를 청하자면 그 와중에 우리 소속을 드러낼 수밖에 없다는 거지. 어쨌거나 명색이 비밀 잠입 임무라고 와 있는 거 아닌가."

모용서가 머리를 저었다.

"형님들이 힘드시다면 제가 나서겠습니다. 저야 어차피 가문에서 이미 크게 문책을 받은 몸. 잃을 게 없습니다. 오히려 빈손으로 돌아가는 게 더 걱정이지요."

나머지 세 사람이 잠시 생각하다가 마침내는 모용서의 말을 따르기로 결정했다.

모용서가 각오를 담은 눈빛으로 말했다.

"제가 모용가의 명예와 제 목숨을 걸고 어떻게든 소림소마의 숨겨진 실력을 끌어내 보겠습니다. 대신 형님들은 그 과정을 하나도 놓치지 말고 지켜봐 주십시오."

"물론이지."

"당연히 그리하겠네."

네 사람은 혹시라도 이 얘기가 다른 이들에게 알려질까 조용히 목소리를 낮춘 채, 굳게 결의를 다졌다.

* * *

새벽 공기가 찼다.

모용서는 긴장도 풀 겸 몸도 덥힐 겸, 팔다리를 털며 짧게 심호흡을 했다. 그러고는 준비했던 말을 몇 번이고 다시 외웠다.

"평소 장 소협의 무위를 흠모하여 이렇게 무례를 무릅쓰고……"

모용서는 장건의 출근길에서 장건을 기다리는 중이었다. 장건이 늘 같은 시간에 같은 길로 서가촌을 지났기 때문에 기다리는 데에 별다른 어려움이 없었다. 일부러 사람들의 시선을 피하기 위해 서가촌에서 훨씬 더 떨어진 관도에 자리를 잡았다.

길옆에서는 청성파의 제자인 차웅과 화산파의 속가 제자 오원, 곤륜파의 속가 제자인 강모가 숨어서 지켜보고 있었다.

"온다!"

강모의 나지막한 외침과 함께 멀리서 장건이 달려오는 모습이 보였다. 아니, 달려온다고 하기도 애매했다. 가만히 서서 미끄러져 온다.

각 문파에서 파견 나온 이들은 암암리에 장건의 저 희한한 보법을 '팔각활빙보(八角滑氷步)'라고 불렀는데, 얼음 위를 미끄러지듯 달리는 데다 몸이 여덟 개의 나무토막—팔과 머리를 포함한 몸통은 한 개로 쳐서—으로 만들어진 것처럼 딱딱하게 걸음을 밟기 때문에 붙은 명칭이었다.

게다가 장건을 처음 보는 사람들은 쉽게 눈치채지 못하는데 오랫동안 관찰하다 보면 더 희한한 걸 깨닫게 된다. 장건의 상체가 간혹 흐릿하게 보이는 현상이다. 맑은 날에도 또렷하게 안 보이고 아지랑이가 살짝 피어오른 것처럼 흐릿하게 보일 때가 있다.

잘못 보았나 싶어서 눈을 비비고 내공을 끌어 올려 안력을 돋우어도 마찬가지다.

한 달 이상이 지나서야 왜 그런지를 알게 되었다. 그러니까 이유는 모르겠는데 장건이 달리면서 상체를 계속해서 떨기 때문이었던 것이다.

그게 아주 미세해서 얼핏 보면 떨고 있는지도 알 수가 없는 정도였다. 계속 그러는 건 아니고 가끔 흐릿흐릿하는데 그걸 가만히 보고 있자면 어쩐지 미치도록 기분이 꿉꿉한 게, 가슴속에서 답답한 덩어리가 맺히는 기분이었다.

"준비해!"

"옛!"

장건의 걸음은 굉장히 빨랐다. 두어 달을 지켜보는 동안 더 빨라진 것 같았다. 어쨌거나 모용서는 잔뜩 배에 힘을 딱 주고 장건을 맞이했다. 자기보다 대여섯 살 어리다곤 해도 후기지수 중에 최강자로 꼽히는 소림소마를 허투루 대할 순 없었다.

장건이 가까이에 다가오자 모용서가 큰 소리로 외쳤다.

"장 소협!"

장건도 모용서가 길을 가로막고 있는 것을 보았으므로 달려와서 걸음을 멈추었다.

"네?"

모용서가 포권을 하여 앞으로 내밀면서 가볍게 고개를 숙여보였다.

"모용가의 서라고 하오. 평소 장 소협의 무위를 흠모하여 이렇게 무례를 무릅쓰고 나서게 되었소. 무명소졸이라 내치지 마시고 한 수 가르침을 내려주……."

"죄송해요. 제가 아침에는 출근 시간을 맞춰야 해서 바쁘거든요. 늦으면 노사님께 잔소리 엄청 들어서요."

"헉!"

모용서는 한줄기 바람에 갑자기 소름이 끼치는 것을 느끼고는 놀라서 몸을 뒤로 휙 하니 돌렸다.

분명히 장건을 앞에다 두고 얘길 했는데 대답이 앞에서부터 뒤로 쭉 이어져 들려온 때문이었다. 대답의 시작은 앞에서, 끝은 뒤에서 들렸다.

모용서가 돌아보니 이미 장건은 모용서를 지나쳐 있었다.

모용서는 어이가 없어서 멍하니 서 있다가 정신을 차렸다.

"뭐, 뭐가……."

빙 돌아서 간 게 아니라 자신의 몸을 거의 통과하듯 지나쳤는데 전혀 눈치채지 못했다.

"도대체 이게……."

어마어마한 벽을 본 느낌이었다.

원래 강호 무림에서 자존심이 걸린 비무 요청을 거절하는 행위는 뭇 사람들에게 손가락질을 받기에 충분한 행동이었다.

하나, 거기에도 예외가 있다.

아무리 비무가 강호에서 묵시적으로 신성시되는 행위라 해도 너무 심하게 차이 나는 수준의 상대까지 일일이 상대할 수는 없는 법이다.

예를 들어 모용서가 우내십존급이나 신창 양지득급의 무인에게 가서 비무를 청한다 한들 들어줄 리가 없다. 그쪽에선 들어주지 않아도 욕을 먹지 않는다. 그건 거절한 쪽이 나쁜 게 아니라 모용서가 무례한 것이다. 보통 이럴 땐 좀 더 경험, 곧 명성을 쌓고 오라고 완곡하게 거절을 하는 편이다.

어떻게 보면 사실상 그것이 이제껏 강호 무림이 정체된 이유이기도 했다. 적대적 세력이 있으면 명성을 쌓기가 좋다. 하지만 지금은 적대 세력이 아예 없어져 버려서, 정사대전 이후에 강호로 들어온 무인들은 오로지 밑에서부터 한 단계씩 밟아 올라갈 수밖에 없었다.

그러한 수순 자체가 거대 문파가 확립한 체계이다 보니 중소 문파들은 그간 좀처럼 위세를 떨치기 어려웠다. 거대 문파가 힘을 합쳐 견고하게 장악한 수직적 권력 체계를 뚫고 위로 올라가기란 하늘의 별따기와도 같았다. 그래서 중소 문파들은 늘 불만을 품고 살았다.

하나 상황이 어찌 되었든 비무는 무(武)를 숭상하는 강호에선 여전히 누구에게나 통용될 가치를 지닌 유일한 행위였다.

절대의 명제는,

남들이 충분히 인정할 만한 비무를 거절해서는 안 된다!

는 것이다.

그건 거대 문파에게든 중소 문파에게든, 고수에게든 하수에게든 누구에게나 적용되는 평등한 원칙이었다.

최근 세가들이나 양지득이 산더미 같이 날아드는 비무첩을 받고 있지만 다 거절하지 못하고 그중에서 몇몇을 선별하는 것도 이와 같은 이유였다.

그러니······.

모용서가 느끼기에 이 정도의 실력 차이라면 장건의 거절은 전혀 무례한 게 아니었다. 남들이 인정할 비무가 아니다. 전혀 눈치채지 못했는데 자신의 뒤로 돌아간 상대에게, 어떻게 비무를 거절했다고 욕할 수 있단 말인가?

모용서는 망연자실해서는 장건의 뒤통수만 바라보고 있었다. 모르긴 몰라도 지켜보던 세 사람도 모용서와 같은 심정일 터였다.

한데, 자신을 지나 달려가려던 장건이 갑자기 걸음을 멈추었다.

그러더니 문득 생각난 듯 말했다.

"아, 이랬다저랬다 해서 죄송한데요, 아침엔 좀 그러니까 다음에 준비해서 퇴근하고 뵈어도 될까요?"

모용서는 얼떨결에 고개를 끄덕였다.

"그, 그러시오."

"감사합니다."

장건은 합장을 하더니 다시 가던 길을 재촉해 달려갔다.

왜 고맙다고 인사를 하는지 알 길이 없었다. 이윽고 옆에서 세 사람이 튀어나오면서 제각기 한마디씩을 했다.

"지금 비무를 받아 주겠다고 한 거 맞는가?"

"캬아, 역시. 아무리 소림소마라도 모용가의 이름은 무시하지 못하는구먼."

문득 차웅이 의아해했다.

"한데 대체 무슨 준비를 하라고 한 거지?"

다들 고개를 갸웃거렸다.

"비무하는 데 준비를 하라는 건 무슨 얘긴지 모르겠네."

갑자기 오원이 손뼉을 쳤다.

"아하! 그렇군. 비무를 정식으로 청하라는 뜻인 것 같소."

"비무를 정식으로?"

강모도 무릎을 쳤다.

"옳거니! 아무래도 중군도독부의 교두이고 관직으로 묶인 몸이니 함부로 손을 쓰기 어렵다는 얘기인가 보오."

"그럼 비무첩을 작성해서 격식을 차리도록 해 보지요."

"그럽시다."

차웅이 모용서의 어깨를 두드렸다.

"소문보다 실력이 대단해 보이지만 자네라면 잘할 수 있을 것이네."

모용서가 걱정스러운 얼굴로 되물었다.

"정말 도움이 될까요?"

얼결에 비무를 한다고 했지만 솔직히 자신이 없었다. 피부로 느낀 무위 차이가 어마어마했다.

"우리에겐 다른 방법이 없지 않은가. 비록 단 한 수를 겨룬다 해도 분석에 큰 도움이 될 걸세."

"알겠습니다. 최선을 다해 보겠습니다."

모용서도 애초에 이기겠다고 시작한 게 아니라서 패배에 대한 부담은 없었다. 어떻게 해서든 작은 단서나마 얻어낸다면 그것만으로도 충분히 이득이 되는 일이었다.

한편, 장건은 달리면서 생각 중이었다.

뜻밖의 비무 요청이었지만 장건에겐 이 정도의 '시비'야 늘 있는 일이었다. 가만히 있어도 걸어오는 이 '시비' 때문에 무림이란 세계가 싫어진 적도 있었다.

솔직히 방금도 좀 귀찮았다. 그래서 아까도 '시비'를 그냥 피하려고 했었는데, 문득 허량의 조언이 생각나서 다시 멈추었다.

친구를 만들어라!

허량이 알려 준 방법이었다. 꽤 괜찮다고 생각해서 다음부터 꼭 그렇게 하겠다고 생각했는데 자기도 모르게 습관적으로 피하려 했던 것이다.

"나도 참 바보라니까."

장건은 긍정적으로 생각하기로 했다. 모용가의 누구라고 했으니 모용가 사람들이 얼마나 되는지는 모르겠지만, 비무를 해서 각서를 받아 내면 최소한 모용가에서는 앞으로 자기에게 시비를 걸 일은 없지 않겠는가.

"혹시 모르니 이제 앞으론 각서를 몇 장 준비해서 가지고 다녀야겠다."

사람은 역시 준비성이 철저해야 한다고 생각한 장건이었다.

*　　*　　*

장건은 수업 중에 잠시 짬이 나자 하분동에게 오늘 있었던 일을 얘기했다.

"그래서 비무를 하기로 했는데 괜찮겠죠?"

하분동이 코웃음을 쳤다.

"강호엔 아직도 덜떨어진 놈들이 많구나. 너한테 비무를 하자 덤벼?"

무슨 꼴을 당하려고, 란 말은 생략했다.

하분동은 갑자기 장건을 빤히 쳐다보았다.

"왜요?"

"한데, 이제 네가 그런 걸 내게 허락받을 때는 아니지 않으냐?"

"그런가요?"

"사형이 사제에게 허락받는 것도 우스운 일이지."

"아아, 맞다. 그럼 허락받는 게 아니라 상의한 걸로 하죠, 뭐."

하분동이 이마에 주름살을 만들며 인상을 쓰자 장건이 웃었다.

"헤헤. 노사님이 절 인정해 주시니 좋네요."

"누가 노사님이냐?"

"노사님이 노사님이죠! 그래도 인정한 게 아니라고는 안하시네요?"

"끄응……."

하분동은 고개를 돌려 버렸다.

장건은 점점 더 쾌활해지고 있었다. 그리고 어이없게도 넉살마저 늘었다.

'똘똘하긴 했어도 원래가 붙임성 있는 성격은 아니었는데.'

깊은 산속에서 가뜩이나 말도 없고 까탈스러운 하분동과 둘이서만 칠 년을 넘게 살았다. 그 나이로 감당하기 힘든 큰일들을 연속으로 겪었으니 장건이 한동안 주눅 들어 살았던 것도 당연한 노릇이었다.

이제야 자신감을 찾고 조금씩 기를 펴기 시작한 것이다.

하기야 얼마 전에는 개인 자격으로 '무당파와 친구를 먹었'으니 오히려 거들먹거리지 않는 게 이상할 정도다. 오히려 지금이 지나치게 소심한 편이라고 봐야 했다.

'가업을 이어 상인이 되려면 지금보다는 더 나아져야겠지.'

하분동은 좀 더 잘해 주어야겠다는 생각이 들어 자기도 모르게 따스한 눈길로 장건을 보게 되었다……가 장건과 눈이 마주쳤다.

장건이 흠칫했다.

"제가 뭐 잘못했어요?"

하분동은 일전에 연습했던 부드러운 표정으로 장건을 보고 물었다.

"뭐가 말이냐?"

"왜 갑자기 화를 내세요?"

갑자기 잘해 주려던 마음이 사라졌다.

하분동이 냉랭하게 말을 던졌다.

"됐다!"

"네?"

"에잉!"

장건이 뭐가 됐느냐고 묻기도 전에 하분동은 획 하니 단상을 내려가 버렸다.

장건은 고개를 갸웃거렸다.

"이상하다. 왜 갑자기 기분이 나빠지셨지?"

딱히 궁금하진 않았다. 하분동이 저러는 거야 하루 이틀 본 것도 아니고……

*   *   *

모용서의 비무첩은 다관의 백리연을 통해 장건에게 전해졌다. 장건을 감시하던 이들이라 장건이 퇴근할 때 반드시 네 소녀들을 만난다는 걸 알고 있었다.

시간은 장건의 퇴근 후인 저녁, 장소는 양소은의 무관으로 정했다.

모용서 쪽에서 세 명의 참관인이 동행했고, 장건 쪽엔 네 명의 소녀들이 구경꾼으로 왔다. 타 문파 감시꾼들의 눈만 피하면 되니 모용서도 소녀들의 참관을 반대하지 않았다.

무관의 연무장을 비무대 삼아 모용서와 장건이 마주 보고 섰다. 오원과 강모, 차웅이 연무장 끝에서 모용서에게 힘내라는 손짓을 해 보였다.

모용서가 먼저 검을 들더니 포검했다.

"모용서요. 가문의 섬광구검을 익혔소. 부족한 실력이지만 장 소협을 실망시키지 않도록 하겠소이다."

장건이 합장으로 포권을 대신했다.

"장건입니다. 그리고, 음……."

장건은 격식을 차린 비무를 해 본 적이 없었다. 그 다음에 뭐라고 해야 할지 살짝 고민했다.

양소은이 장건의 곤란을 알아채고 전음을 보냈다.

[사문과 주력으로 쓰는 무공명을 말하면 돼.]

장건은 그게 더 곤란했다.

'사문은 소림이라고 하면 되는데 무공은 뭐라고 해야 하지?'

장건은 무공들을 합쳐서 자기 편한 대로 쓰고 있었다. 불영신보를 밟다가도 다시 금강부동신보를 쓰기도 하고 또 제마보라든가 하는, 홍오가 보여 준 무공들을 생각나는 대로 썼다.

그러니 딱히 뭘 짚어서 대답할 수가 없었다. 요즘은 금강권 말고 기의 가닥을 자주 썼지만, 그건 더더욱 부르는 이름이 없었다.

'그것도 금강권이라고 해야 하나? 지난번에 누가 뭐라고 불렀던 거 같은데?'

장건은 고민하는 걸 본 모용서의 참관인 세 사람은 다르게 생각했다.

'역시 무공 이력을 밝히지 못하는군. 대외적으로 백보신권을 익혔다 했지만 사실은 각 문파의 절기들을 익혔을 테니.'

'거짓말을 힘들어하는 걸 보니 그래도 생각보다 악한 성품은 아닌 모양이야.'

'하긴 부처를 모시는 절에 적을 두고 있으면서 거짓말을 한다는 게 쉬운 일은 아니지.'

그때 장건은 기의 가닥을 보고 다른 사람이 했던 말이 생각났다.

"죄송해요. 생각 좀 하느라. 다시 말씀 드릴게요. 전 소림사의 속가 제자 장건이고요. 사용하는 무공은……."

모용서를 비롯한 오원과 강모, 차웅은 귀를 쫑긋 세웠다. 지금부턴 하나하나가 다 단서인 것이다!

장건이 약간 멋쩍어 하며 말했다.

"자주 사용하는 무공은 능공섭물이에요."

"아, 그러셨구려. 능공섭…… 응?"

네 소녀들은 '품' 하고 웃음을 터뜨릴 뻔했다.

하지만 모용서 외 세 남자들은 하마터면 '그게 무슨 개소리야!' 하고 소리를 지를 뻔했다.

'능공섭물이 뭐?'

'익힌 무공이 무슨 능공섭물이야?'

'비무에서 능공섭물로 뭐 어쩌라고!'

잠시 동안 연무장에 어색한 침묵이 흘렀다.

모용서들은 장건이 놀린다고 생각했다. 착해서 고민하는 줄 알았더니 어떻게 놀릴까 하고 꾸며 낼 말을 궁리했다 여겼다.

참다못한 차웅이 한마디 했다.

"장 소협이 잠시 착오를 한 모양인데, 능공섭물은 무공의 한 수법이지 익힌 무공이라고 할 수는 없소이다."

"무공의 수법인데 무공이 아니라는 건 무슨 뜻인가요?"

차웅이 울컥했다.

"일부러 좋게 말했는네도 끝까지 이럴 거요? 아무튼 비무에서 자신이 이런 무공을 익혔다, 하고 소개할 무공으로는 적합지 않다는 뜻이외다!"

장건이 '아!' 하고 되물었다.

"그럼 허공섭물인가요?"

"그것도 아니오!"

"이상하다. 다른 분들은 그렇게 부르던데요?"

모용서들의 얼굴이 붉으락푸르락해졌다.

능공섭물은 장건이 기의 가닥으로 물건을 들거나 하는 걸 보고 사람들이 부른 말이었다.

한데 장건은 그 기의 가닥을 여러 가지로 이용한다. 머리를 긁기도 하고, 땔감을 줍기도 하고, 금강권의 경력을 실어

쓰기도 한다. 생활형과 무술형으로 무공을 쓰는 데에 구분이 없다.

장건에겐 그냥 둘 다 동일한 수단의 연장선이다. 기의 가닥으로 물건을 들 때 능공섭물이라 불렀으면 싸울 때도 능공섭물이었다.

심지어는 오황조차 장건의 무공을 '능공섭물의 한 종류'라고 했으니 장건의 말도 아주 틀린 표현은 아니었다.

하나 모용서들의 생각은 다르다.

능공섭물이 어디 시장통에서 굴러다니는 삼류 무공서쯤 된단 말인가?

초절정의 고수도 힘들어 하는 게 능공섭물이다. 허공섭물하고는 하늘과 땅 차이다. 현 강호에서도 많아야 열 명이나 할 거라고 알려져 있다. 그러면 우내십존급이다.

장건이 기반으로 사용하는 무공이 능공섭물이라고 말한 건 스스로를 우내십존에 비유한 것으로밖에 생각되지 않는 것이었다.

'아무리 잘났어도 천하 십대 고수를 자칭하다니, 너무 오만하군!'

모용서는 화가 났다. 오만하게 군다는 건 그만큼 자신을 우습게 보고 있다는 뜻이다. 실력 차이가 나는 건 알고 있었지만 그래도 이리 대놓고 무시하면 얘기가 다르다.

모용서가 다른 세 남자들에게 눈짓을 했다.

'저, 모용서. 비록 강호에 이름난 고수는 아니나 가문에서는 그래도 한가락 한다고 알아주던 놈입니다. 이런 모욕을 받고서는 못 참겠습니다. 비무가 아니라 생사결로 생각하고 초반부터 승부수를 던질 겁니다!'

세 남자들 역시 분노하고 있었으므로 모용서의 마음을 읽을 수 있었다.

모용서는 검을 뽑았다.

"됐소! 곤란한 듯싶으니 더 듣지 않겠소이다."

모용서가 화내는 걸 본 장건은 좀 미안한 생각이 들었다. 친구가 되겠다고 하는 비무인데 화를 내면 곤란한 일이었다. 하지만 어차피 설명을 하든 변명을 하든 듣지 않을 태세였다.

"어서 그 능공섭물이나 보여 주시오!"

"네? 정말요?"

장건이 약간 놀란 얼굴로 되물었는데, 그게 모용서의 화를 더 돋우었다.

"이제 와서 자신이 없다는 거요? 능공섭물을 쓴다고 한 건 소협이잖소!"

"저야 그러면 좋긴 하지만……."

장건은 약간 곤란해 하며 네 소녀들을 쳐다보았다. 비무 약속을 잡았다고 말했을 때에 소녀들이 한 말이 있기 때문이었다.

하연홍은,

'상대가 모용가의 후기지수라도 어차피 네가 이기겠지만, 친구가 되고 싶으면 이기더라도 상대가 기분 나쁘지 않도록 예의를 차려야 해. 그냥 바로 끝내지 말구, 적당히 봐주면서 상대를 칭찬해 주고 그러다가 적당할 때 물러나면 돼. 손에 사정을 두어 주셔서 감사합니다, 라고 말하면 더 좋고.'

양소은은,

'야, 그런 게 어디 있어. 강호에서는 무공 센 게 제일이지. 졌으면 찍소리 하지 말고 그냥 각서나 쓰라고 하면 돼. 무공으로 상대가 안 되는데 마음에 안 든다고 덤빌 거야, 어쩔 거야?'

백리연은,

'저는 하 소저의 의견에 찬성해요. 실력은 장 소협이 월등할 게 분명해요. 상대도 그걸 알고 비무를 청했을 거예요. 아마도 비무를 통해 뭔가를 배우고 싶으니까 그랬겠죠? 그럼 승부를 대번에 끝내지 말고 적절히 상대해 줄 필요가 있다고 생각해요. 그래야 상대도 순순히 인정하고 물러나겠죠.'

제갈영은,

'실력 차이가 나는 걸 알고도 덤빈 게 잘못 아냐? 내가 볼 땐 그냥 후딱 끝내 버리는 게 나을 것 같아. 근데 살살하긴

해야겠다. 하던 대로 기절시키면 각서 받기 힘들잖아.'
라고 말했다.
 그러고 나서 제갈영이 '쌍코피에 기절이라면 여기도 조예가 있으신 분이 있지.'라고 중얼거리면서 백리연을 보고 낄낄대는 바람에 한바탕 난리가 났다……
 어쨌든 장건도 하연홍의 생각이 가장 그럴듯하다 싶었다. 기의 가닥이 편하긴 하지만 간혹 안 통하는 상대가 있기 때문에, 이 기회에 기의 가닥을 쓰지 않고 해 보는 것도 괜찮을 것 같았다.
 그런데 정작 모용서가 기의 가닥을 쓰라고 난리를 피우는 것이다.
 '어떻게 하지?'
 장건은 모용서가 괜히 나중에 딴소리를 할까 봐 미리 다짐을 받기로 했다.
 "알겠어요. 그럼 처음에 말씀드린 것처럼 비무가 어떻게 되든 끝나면 수결을 해 주셔야 해요. 그게 조건이에요."
 "마음대로 하시오!"
 이미 화가 난 모용서의 귀에는 아무것도 들어오지 않았다.
 "말만 하지 말고 어디 그 잘난 능공섭물 좀 구경합시다."
 모용서는 잔뜩 공력을 끌어 올려 장건의 공격을 대비했다. 그래도 명문세가에서 체계적인 수련을 받아 그런지 이십 대임에도 공력을 끌어 올리자 소매가 빳빳해지고 검날이 부르르 떨었다.

"지이잉!"

맑은 검명이 울리자 네 소녀들은 살짝 감탄의 말을 던졌다.

"제법인걸."

"그러게요. 나이에 비해 성취가 높네요."

곧 장건과 모용서가 완전히 대치한 상황이 되고, 지켜보던 이들은 모두 숨을 죽였다.

장건이 선 상태 그대로 말했다.

"갈게요."

"말로만 하지 말고 어서 하시오!"

그 말이 끝나기가 무섭게.

빠—악!

"……."

어느샌가 모용서는 하늘을 보고 있었다.

어두워지는 하늘이 자줏빛으로 물들어 간다. 반짝이는 별들이 쏟아질 것처럼 펼쳐져 있다.

'아름답구나…….'

자기가 왜 하늘을 보고 있는지 모르겠지만 어쩐지 만사가 귀찮아졌다.

'비무고 뭐고 이대로 계속 하늘을 보고 있으면 좋겠다. 그런데 좀 추운걸.'

그런 모용서의 바람을 무참히 깨뜨리면서 시끄러운 소리가 그의 평온을 방해했다.

"모용 아우!"

"괜찮은가!"

차웅들이 달려와 모용서를 부축하고 일으키고 난리를 피웠다.

모용서가 가물거리는 눈으로 차웅들을 쳐다보았다.

"절 그냥…… 내버려 두십시오……."

"모용 아우!"

장건이 '윽' 하고 어깨를 움츠렸다.

'너무 세게 쳤나?'

모용서가 나름대로 괜찮은 인재이긴 하지만 장건이 늘 상대하던 고수들에 비하면 한참이나 못 미치는 하수였다. 위기도 당연히 옅고 작았다. 장건이 실수로 모용서의 위기를 완전히 깨뜨릴까 봐 신경을 썼는데도 덩어리가 반쯤 날아갔다.

그래서 모용서가 정신을 못 차리고 해롱대는 모양이었다.

오원이 눈에 불을 켜고 장건을 향해 소리 질렀다.

"해도 해도 너무하잖소! 비무가 마음에 안 들었으면 애초에 싫다고 할 일이지, 굳이 암습을 가할 건 뭐요? 이제 보니 그대를 괜히 소마(小魔)라 부르는 게 아니었구려!"

장건은 멀뚱하게 오원을 보며 대답했다.

"네? 제가 암습을 하다니요. 분명히 하겠다고 말도 했는걸요."

오원도 생각해 보니 장건이 '갈게요' 하고 알려 주긴 했었다.

하지만 오원은 여전히 장건이 몰래 암경을 썼다고 여겼다. 순간적으로 기가 울렁하고 요동치는 것은 그도 느꼈다. 한데 장건의 표정은 하나도 변하지 않았고 심지어 손끝 하나 움직이지 않았다.

그러곤 갑자기 빡! 소리가 나면서 모용서가 자빠졌다.

그렇다는 것은…….

'망할! 처음부터 우리의 의도를 알고 있었군!'

오원으로서는 그들이 장건의 무공을 분석하려고 비무를 신청한 걸 알아챈 거라고 생각했다. 그러니까 아예 처음부터 움직이지 않고서 모용서를 암경으로 쓰러뜨릴 작정이었다고밖에 볼 수 없는 것이다.

감히 내게 비무를 신청해? 어디 너희들의 실력으로 알아내 보려면 알아내 보시지? 하는 식으로 농락하듯 말이다.

처음에 능공섭물이니 하면서 말장난을 한 것도 다 그 일환이었음이리라!

"우리의 의도가 불순했던 건 사실이나 그렇다고 해서 그대가 우리를 함부로 모욕할 권리가 있다는 것도 아니오!"

"제가 모욕을 해요? 아뇨, 그게 아니라……."

장건이 해명하려 했다.

하지만 오원이나 차웅들의 입장에선, 어차피 이렇게 된 바에야 체면이고 뭐고 뭐라도 하나 얻어가고야 말겠다는 오기만 피어오를 뿐이었다.

차웅이 불쑥 튀어나왔다.

"닥치시오! 이번엔 내가 상대해 주겠소. 나 차웅은 청성파의 제자요. 그리 호락호락하진 않을 것이오!"

장건은 난감했다.

안 해도 난리, 하라고 해서 해도 난리.

'귀찮아지기 싫어서 각서를 받겠다고 하는 일인데 더 귀찮게 됐네……'

곤란한 장건의 마음을 읽은 듯 양소은이 뛰쳐나왔다.

"이봐요. 너무 억지가 심하잖아요."

"소저가 나설 자리가 아니오!"

"참관인인데 왜 나서면 안 된단 말이죠? 참 나, 그럼 참관인으로 오질 말든가. 참관인이면 참관인답게 중재를 서야지 왜 성질을 부려요?"

다른 소녀들이 맞장구를 쳤다.

"맞아, 맞아."

"치사한 거 같아."

모용서 쪽의 강모가 울컥해서 외쳤다.

"성질이라니, 말조심 하시오! 암습을 가한 쪽이 치사한 것이지."

백리연도 나와서 양소은을 거들었다.

"누가 암습을 가해요? 그쪽에서 하라고 한 거잖아요."

오원도 끼어들었다.

"능공섭물을 할 줄 안대서 그걸 보여 달라 했지, 암경을 쓰라고 한 건 아니었소이다! 그게 어디가 능공섭물이오?"

"그거 능공섭물 맞는데요?"

"그렇소?"

"네."

"참 나, 억지를 부리는 건 소저들이구만!"

분위기가 점점 더 험악해지고 있었다.

양소은은 역시나 큰누님처럼 듬직하게 할 테면 해보라는 식으로 가슴을 내밀었고, 나머지 소녀들도 모용서의 일행들을 째려보았다.

장건이 어색하게 웃으면서 말렸다.

"싸우지들 마세요. 제가 비무를 해 드리면 되는 거잖아요."

'비무를 해 드린다'는 말이 굉장히 거슬렸으나 차웅은 고개를 끄덕였다.

양소은이 들으란 듯 크게 말했다.

"하지 마, 하지 마. 이런 사람들의 말은 들어줄 필요가 없어."

"아녜요. 한 장 더 늘어나는 건데 왜 안 해요."

"응? 한 장?"

긍정적으로 보면 겸사겸사 한 장소에서 각서를 한 장 더 받을 수 있으니 괜찮은 일이다.

장건이 차웅을 보고 말했다.

"비무는 할 수 있는데요, 끝나면 제 부탁 한 가지를 들어주셔야 해요."

"부탁?"

차웅이 얼굴을 찌푸렸다.

그러고 보니 아까도 모용서에게 수결 어쩌고 한 게 기억났다. 금전적으로 전혀 손해를 보는 것도 아니고 무슨 비무를 더 안 하겠다는 각서인가 뭔가 그렇다고 했다.

"그렇게 이상한 건 아니니 걱정 안 하셔도 돼요. 그냥 교우를 나누자는 우정의 각서예요."

우정의 각서라는 말이 더 이상했다!

차웅이 떨떠름한 얼굴로 말했다.

"대신에 이쪽에서도 조건을 걸겠소."

"예. 말씀하세요."

"나는 검을 쓰고, 본파의 청운검법을 익혔소. 그대가 나를 우스이 여기지 않는다면 마땅히 검으로 나를 상대해야 할 것이오."

"검법으로요?"

"그렇소."

"전 검법을 할 줄 모르는데요."

"거짓말을 하는 거요? 그대가 화산파의 존장께 검법을 사사했다는 건 코흘리개 어린아이라도 알고 있소이다."

"하지만······."

장건이 곤란한 표정을 짓자 차웅은 속으로 안심했다.

장건이 검성 운언강으로부터 검법을 사사했고 그 증표로 소요매화검을 받았다는 건 모두가 아는 사실이었다. 그게 정말 가르친 것이든 그냥 한 번 보여 준 것이든, 어쨌든 간에 강호에 소문은 그렇게 나 있었다.

그럼에도 장건이 검을 쓴다는 건 한 번도 들어 본 적이 없다. 그 말은 즉, 검에 익숙하지 않을 거라는 뜻이다. 익숙하지 않은 검법을 펼치다가 몰리면 어쩔 수 없이 본신의 무공을 쓰게 될 터였다.

모용서나 오원, 강모와 달리 차웅은 청성파의 본산에서 직접 파견 나온 중견 무인이다. 청성파 내에서 별로 주목받고 있지 못하다 하더라도 청성파의 중견이면 어디 가서 무시당할 수준이 아니다.

'몰래 쏘아 내는 암경만 조심한다면 검으로는 할 만하지 않겠는가?' 라는 게 차웅의 생각이었다.

반면에 장건은 정말 고민스러웠다.

가장 큰 문제는, 이렇게 예리한 날을 가진 검으로 어떻게 상대를 다치지 않게 제압하느냐 하는 것이었다.

그간 장건이 보고 겪은 검술이란 빠르고 효율적으로 사람을 상하게 만드는 방식뿐이었다. 제대로 검법을 배운 적도 없어 검을 다루는 것도 생소할 지경인데, 비무에서 이런 날카로운 칼로 상대에게 상처를 주지 않고 제압하는 건 더 어려운 문제였다.

하여 어떤 식으로 검을 써야 할지 전혀 감을 잡을 수가 없었다.

손으로 사람을 때리는 것도 싫어하는데 하물며 날카로운 검으로야!

특히나 소요매화검의 날카로움이란 장건이 쉽게 다루기 어려울 정도여서 잘할 수 있을지 자신이 없었다.

각서 한 장 더 받기가 이렇게 힘들다니.

장건이 고민 끝에 사실대로 털어놓았다.

"솔직히 말씀드리자면 검법은 제가 익숙하지 않으니까 잘 못해서 다치실까 봐 걱정이에요. 안 썼으면 좋겠어요."

차웅은 장건이 검을 쓰기 싫어서 핑계를 댄다고 생각했다.

아니, 그게 아니더라도 비무를 하면서 다칠까 봐 걱정된다? 도대체 사람을 뭐로 보고 저딴 소리를 함부로 내뱉는단 말인가.

차웅이 일그러진 표정으로 코웃음을 치며 말했다.

"어차피 칼끝에 목숨을 두고 사는 인생이오. 귀하와 같은 고수와 손을 섞으면서 어찌 목숨을 아까워하리까. 장 소협은 개의치 말고 손을 쓰시오."

차웅의 표정을 본 네 소녀들은 이번에도 장건의 순수한 의도가 많이 어긋났음을 알았다. 다칠까 봐 봐주겠다는 건 상대를 우습게 본다는 뜻으로 받아들일 수도 있는 법이었다.

소녀들은 나지막하게 한숨을 내쉬었다.

장건에게 강호 생리에 대해 가르치려면 꽤 오랜 시간 공을 들여야 할 것 같았다.

한편 장건은 차웅이 단칼에 제안을 거절하자 고개를 끄덕 거렸다.

"알겠어요. 그럼 잠깐 연습 좀 해도 돼요?"

사람들이 당연히 의문을 떠올릴 말이었다.

'연습?'

차웅은 어이가 없어 짜증스러운 투로 대답했다.

"오래 기다리게 하진 마시오."

"죄송합니다. 오랜만이라서요."

"험험."

장건은 등에 멘 검을 풀어 천을 열었다.

오랜만에 소요매화검이 고고한 자태를 드러냈다.

검병에서부터 검집까지, 휘감듯 자라난 매화나무의 문양이 마치 살아 있는 용처럼 꿈틀거리고 있었다. 언뜻 보기에도 결코 범상치 않은 검이었다.

장건이 검을 뽑아 들었다.

스릉!

소요매화검의 찬연한 백색 광채가 휘황찬란하게 빛났다. 매끈한 검면과 시리도록 예리한 검날에 소름이 끼칠 정도였다. 여기저기에서 '와!' 하는 감탄의 목소리가 들려왔다.

장건이 집중하기 시작하자 다른 이들도 주목했다.

갖은 놀림(?)을 당하고 있긴 했지만 차웅과 오원, 강모도 본래의 목적이 있었기 때문에, 장건의 연습을 두 눈 부릅뜨고 지켜보았다.

고요한 가운데 장건이 가만히 서 있다가 움직이기 시작했다. 왼손에 검을 거꾸로 쥐어 등 뒤에 붙이고 한 발을 가볍게 내디뎌 앞으로 몸을 기울인다. 그리고 오른손으로 검결지를 쥐어 앞으로 쭉 내밀었다.
 빠르지도 않고 지극히 느린 동작이었다.
 그 자세에서 잠시 기다렸다가 곧 허리를 우측으로 틀었다. 궁보의 자세에서 마보의 자세로 전환되며 왼손의 검을 자연스럽게 오른손으로 넘겨받는다.
 너무 느릿해서 보고 있는 것만으로도 지루할 지경이었다.
 그러나 지켜보고 있는 소녀들은 깜짝 놀랐다.
 '어라? 말도 안 돼!'
 '장 소협이 기수식을 처음부터 끝까지 평범하게 펼치고 있어!'
 '설마! 정상인 흉내를 낼 수 있게 된 건가?'
 '근데 어디서 많이 본 검법의 기수식인데……'
 삼재검법이었다. 전에 소왕무가 보여 준 적이 있었다. 장건은 소박한 삼재검법의 기수식을 펼치는 중이었다.
 하나 그 수준이란 게 놀랍기 그지없었다. 그토록 느리게 움직이면서 몸을 조금도 떨지 않는다.
 수십 년 검법에만 매진한 노련한 검수 같았다.
 흠칫!
 장건이 풍기는 고수의 깊이를 차웅도 느꼈다.
 '모, 못한다더니!'
 비록 삼재검법이었으나, 삼재검법에서 이 정도의 깊이를

보여 준다는 건 쉬운 일이 아니다.

최근 들어 장건은 무공의 기수식을 소홀히 생각하지 않게 되었다. 수천 년 이어온 무공의 기수식에는 장건이 함부로 하기 어려운 깊은 원리가 있었다.

하지만 그렇다고 해서 그 동작들이 전부 필요하다는 뜻은 아니다.

"한 번만 다시 해 볼까."

장건이 중얼거리면서 다시 검식을 연결하여 처음으로 돌아왔다.

이번엔 왼손에 검을 거꾸로 쥐지 않고 바로 오른손에 검을 잡았다. 그러고는 엉거주춤한 자세로 섰다.

조금 전과는 전혀 다른 느낌······.

잠깐을 그렇게 있다가 문득 장건이 움찔했다. 지켜보던 이들이 장건이 뭔가 대단한 걸 하는 줄 알고 덩달아 움찔했다.

"······."

하지만 거기에서 더 이상의 움직임은 없었다.

네 소녀들은 머리를 부여잡았다.

'나 들었어!'

'분명히 다시 하는 거라고 했어!'

그동안 장건을 겪어 와서 알 수 있었다.

짧은 두 번의 시연.

지극히 정상적인 기수식 한 번과 움찔 한 번.
그게 무엇을 의미하는지는 뻔했다.
"맙소사……."
장건은 자기의 방식으로 기수식을 간략화해 버린 것이다.
그런데 그 순간.
장건의 움직임을 놓치지 않으려는 듯 지켜보고 있던 차웅은 온몸에 소름이 돋는 것을 느꼈다.
"흡!"
장건이 딱히 대단한 걸 하는 중인 것도 아니었다. '움찔' 하더니 검을 앞으로 쭉 내밀고 있을 따름이었다. 언제였는지 몰라도 처음부터 그랬던 것처럼 갑자기 그런 모양이 되어 있었다.
딱히 보기 좋은 자세는 아니었다. 역시나 엉거주춤하다. 저런 자세로 닭이나 잡을 수 있을지 의문스럽게 보였다.
그러나 마주하고 있던 차웅은 심장이 죄어들었다. 살갗을 뒤덮은 터럭이 바짝 서고 손끝이 저릿저릿했다.
뭔가 잘못되었다!
모용서와 달리 어쨌든 차웅은 고수라고 부를 만하다. 직감을 무시하지 않았다.
차웅이 본능적으로 내공을 폭발시키듯 끌어 올려서 철판교의 수법으로 몸을 뒤로 눕혔다. 사십 년 무공 인생과 자존심을 담은 신법이었다.

　바로 그때 차웅의 눈앞을 무시무시한 기운이 스쳤다.

　스악!

　푸르스름하면서도 맑은 광채가 나는 투명한 선이 어둑한 하늘을 배경으로 차웅의 눈앞을 가로지르고 있었다.

　웅웅웅.

　차웅은 얼굴이 새파랗게 질려서 다시 몸을 일으킬 생각도 하지 못하고 그냥 눕고 말았다.

　털썩!

　"저게 뭐야!"

　모두가 경악을 금치 못했다.

　장건의 검 끝에서부터 넉 자가 넘는 검기가 쭉 뻗어 있었다.

　웅웅웅웅!

　소요매화검이 불평을 토하듯 울어 대는데 모용서의 검명과는 비교도 되지 않았다. 아기 울음소리와 산울림의 차이만큼이나 거대한 공명이었다.

　다들 이런 어마어마한 검기를 처음 보았기에 입을 쩍 벌리고 정신을 차리지 못했다.

　그건 장건 스스로도 마찬가지여서 잠깐 멍하게 있다가 곧 정신을 차렸다.

"으앗!"

장건이 급히 검을 거두자 검기는 잠깐을 더 지속되다가 거품이 꺼지듯 순식간에 사라졌다.

"아이고! 괜찮으세요?"

차웅은 대답도 못했고, 대신 강모가 하얗게 탈색된 얼굴로 항의했다.

"이, 이게 무슨 짓이오!"

"전 다치지 않게 하려고 연습을……."

강모가 입을 쩍 벌렸다.

"다치지 않게 하는 게 아니라 죽이려고 한 거 같은데! 머리가 뚫릴 뻔했잖소!"

장건은 어쩔 줄 몰라 일단 사과부터 했다.

"죄송해요."

"사람을 죽이려 해 놓고 미안하다면 다요?"

"네?"

장건은 늘 자신보다 훨씬 고수들을 상대로 목숨을 걸어왔다. 남을 다치게 하거나 죽게 하거나 하는 건 싫지만, 자연스럽게 그런 일이 충분히 일어날 수 있다 여기고 있었다.

그러니 비무하면서 왜 사람을 죽이려 했느냐는 말에 의문이 생길 수밖에 없었다.

"제가 안 하려고 했는데 칼끝에 목숨을 두고 사신다고 개의치 말라셨는데요."

"그야 그렇지만…… 아니, 그게 아니잖소!"

비무 중에 실수로 죽는 거야 어쩔 수 없다 쳐도 연습하는 거 구경하다가 죽으면 개죽음밖에 더 되겠는가!

게다가 죽음을 각오했다고 했지, 누가 죽여 달라고 했는가!

강모는 소름이 다 끼쳤다.

장건이 마치 무감각한 살인귀처럼 순진한 얼굴로 '죽여 달라면서?' 하고 되묻는 듯 느꼈던 것이다.

하지만 장건이 정말로 그런 마음을 가졌을 리가 없었다. 원래 장건은 검을 써도 다치지 않을 방법을 강구하던 중이었다.

그러다가 문득 기의 가닥과 마찬가지로, 검으로도 위기를 때릴 수 있지 않을까 싶었다. 위기는 내공을 써야 타격할 수 있으니 소요매화검에도 내공을 넣으면 위기를 때릴 수 있지 않을까 생각했던 것이다.

그런데 소요매화검은 너무 예리했다. 명불허전(名不虛傳)이라고, 소요매화검은 화산파에서도 세 손가락에 꼽히는 보검이었다. 괜히 보검이 아니라는 것처럼 장건의 내공을 급속도로 빨아들이더니 아무런 저항 없이 발출해 버렸다. 훨씬 더 날카로운 기운으로 바꾸어서.

그것은 굉장한 전율이었다. 검이 손의 일부가 되어 처음부터 한 몸이었던 듯 상쾌하게 기를 뿜어내는 경험이란……

다만 결과에 대해선 잠시나마 무아지경에 빠졌던 장건으로서도 미안한 일이었다. 이런 위력을 발휘할 줄은 장건도 몰랐다.

어쨌든 의도치 않게 무력시위를 한 셈이라 장내는 어느 때보다 조용한 적막에 휩싸이고 말았다.

장건이 침묵을 깨고 말했다.

"저기, 그럼 전 그냥 검을 쓰지 않고 할게요."

차웅들은 기가 질렸다.

'그런 걸 보여줘 놓고 계속하자고?'

차웅이 기가 질려서는 답했다.

"내가 진 걸로 합시다."

"네?"

장건이 기의 가닥으로 머리를 긁느라 머리카락이 들썩거렸다.

"이기고 지는 건 상관없지만……"

진 셈 치자, 고 해 버리면 비무를 한 건지 안 한 건지 불확실해지니까 조건으로 내건 각서를 받기가 애매하잖은가. 각서를 못 받으면 지금까지 한 행동들이 무의미해지고, 장건에게 있어서 무의미한 행동은 끔찍한 군더더기였다.

"그냥 제가 검을 안 쓰고 다시 하면 안 될까요?"

장건의 아쉬워하는 말투에 차웅은 갑자기 소름이 돋았다.

실력 차이가 이렇게 극명한데 굳이 비무를 계속하자고?

그건 마치 '방금은 실패했지만 이번엔 반드시 죽여 버리겠다.'는 말처럼 들렸던 것이다.

차웅이 황급히 말을 내뱉었다.

"아, 아니오. 내가 졌소."

장건은 머쓱한 듯 머리를 긁적이다가 강모와 오원을 쳐다보았다.

강모와 오원은 오싹해졌다.

누가 먼저랄 것도 없이 질린 얼굴로 고개를 저었다.

"나, 난 아니오."

"나도 됐소."

누구라도 눈앞에서 그런 검기를 본다면 별로 싸우고 싶은 마음이 들지 않을 터였다.

"아……."

장건의 탄식이 마치 '보낼 수 있었는데'로 들려서, 강모와 오원은 등골이 다 오싹했다.

* * *

모용서와 차웅은 침울한 표정이었다.

오죽하면 강모와 오원이 위로해 주려고 좋은 주루로 데려가 술을 사는데 술잔은 거들떠보지도 않았다. 그저 손에 쥔 각서만 때때로 쳐다보며 한숨을 내쉴 뿐이다.

차웅이 혼이 사라진 표정으로 중얼거렸다.

"본산에 뭐라고 보고를 해야 할지 모르겠네. 이건 대체 어떤 종류의 장난이란 말인가……."

차웅은 떨리는 손으로 각서를 다시 펼쳐 보았다.

> 모월 모일 술시(戌時)를 기해 갑과 을은 교우 관계를 맺고, 이후로 상호간에 위력(威力) 행위를 갖지 않기로 약속한다.

나름대로 장건은 제갈영에게 자문을 구해서까지 끙끙대며 작성한 것이지만, 차웅이 보기엔 그야말로 뜬금없는 각서였다!

"교우 관계를 맺자?"

친구가 되자는 뜻이다. 그러나 각서를 받아서 하는 친구가 어디 있단 말인가.

게다가 친구가 되자 해 놓고 한 가지 조건이 붙어 있다.

'위력 행위를 갖지 않는다.'라고.

차웅은 가만히 생각해 보았다.

교우 관계야 그렇다 치더라도 문제는 이 '위력 행위'란 단어의 의미이다.

위력 행위라는 단어는 대체로 무력이나 권위에 의한 모든 종류의 압박을 뜻한다. 상대를 위축시키는 모든 말과 행동이 위력 행위에 속한다.

따라서 지금처럼—상급자의 명령에 의해 장건을 몰래 감시하는— 행위가 장건을 불편하게 만들었다면 이 또한 위력 행위가 될 수 있다. 반대로 장건 역시 차웅을 겁박하거나 하면 안 된다.

즉 한마디로 말해서 상호 불가침이라고 보면 딱 정확했다.

게다가 첫 조항으로 '교우 관계'가 규정되어 있기 때문에 친구 사이인 것이다. 친구끼리 감시하는 임무도 도덕적으로는 지탄받을 일이니 해서는 안 될 터였다.

"결국 그런 얘기였나?"

차웅은 헛헛하게 웃었다.

"하하하…… 각서에 따르면 나는 조만간 소림소마의 친구로서, 친구에 대한 감시를 그만두게 해 달라고 상부에 간청해야 하는가 보네. 세상에 어떤 자가 이런 식으로 교우 관계를 맺는지 모르겠지만 말일세."

강모가 차웅을 위로했다.

"너무 골치 아프게 생각하지 마시고 이 귀찮은 일에서 잘 벗어났다 생각하시지요. 이미 지난 일 아닙니까."

"후우, 임무를 실패하고 혹까지 붙였으니 본파로 돌아가면 면벽 십 년은 각오해야 할 거 같소……."

명문정파의 제자라는 게 이럴 때엔 굴레가 된다. 차웅은 고개를 절레절레 내저으며 탄식했다.

차웅과 같은 입장인 모용서도 쓴 미소를 지었다.

"흐흐…… 전 이미 한 번 찍힌 몸이죠. 아마 이번 일로 전 완전히 눈 밖에 날 겁니다. 가문 내에서의 입지도 약해질 거고…… 어디 변방에서나 굴려지며 살겠지요."

모용서는 아까 이후로 내내 자다가 좀 전에 깼다. 아직도 피곤해서 눈꺼풀이 절로 감겼지만 그래도 충분히 자신의 처지를 인식하고 있는 중이었다.

강모가 애써 분위기를 전환하려 했다.

"자자, 골치 아픈 일은 나중에 생각하고 술이나 한 잔 쭉 들이킵시다. 같이 머리를 맞대고 생각하다 보면 어떻게든 좋은 수가 나지 않겠소?"

강모가 억지로 둘에게 술을 권하는데, 갑자기 오원이 놀란 눈으로 벌떡 일어났다.

"잠깐만."

세 사람이 의아한 눈초리로 오원을 쳐다보았다.

"왜 그러시오?"

"혹시 지난번 일 기억나오?"

오원이 어쩐지 호들갑스럽게 말하는 터라 다들 어리둥절해했다.

"무슨 일 말이오?"

"왜 그 있잖소. 무당파 사람이 말도 없이 철수한 일 말이외다."

"그랬지요. 언제부턴가 슬슬 안 보이기 시작했지요."

"한데 무당파의 인물이 보이지 않게 되기 며칠 전쯤에 엄청난 무위를 가진 사람이 장 소협을 방문했던 것, 그것도 기억나오?"

세 사람이 좀 생각해보다 고개를 끄덕거렸다.

"그랬죠. 어마어마한 살기 때문에 접근도 못 하고, 나중에 보니 광범위하게 뒤처리가 되어 있어 아무런 흔적도 찾지 못했던 적이 있지요."

"이튿날 장 소협의 얼굴에 상처가 있었소. 우리는 그때 엄청난 고수와 격전을 벌였다고 추측했었고."

오원이 차웅의 손에서 각서를 빼앗아서 들어 보였다.

"한데 만일 그게 이것과 관련 있다면?"

세 사람은 고개를 갸웃거리면서 오원을 쳐다보았다.

"그게 뭐가 어때서 말이오?"

"장 소협은 말했었소. 비무는 가능하나 조건이 있어야 한다고. 그게 뭐였느냐 하면 바로 이 교우 관계를 맺자는 각서요. 그럼 그때는 이걸 썼을까, 안 썼을까?"

"에이. 아무리 그래도 무당파의 절정 고수가 이런 각서를 썼겠소이까……."

"장 소협의 무위는 우내십존도 인정한 바요. 무당파에서는 두 명의 중견고수가 협공을 했음에도 장 소협을 당해내지 못한 전력이 있소이다. 그러니 그보다 윗줄의 무당파 고수가 왔다 해도 상황이 크게 나아지리란 법은 없었을 것이외다."

"그보다 윗줄이라면 우내십존이 아닌 이상에야…… 거의 당주나 장로급이 아니겠소?"

"그렇소. 그 당주, 혹은 장로급의 고수가 패퇴해서 각서를 썼고 그래서 무당파가 철수했다고 생각하면 어떠하오?"

오원이 언성을 높였다.

"물론 만일의 경우에 불과하지만, 그게 누구였든 그런 이가 이 각서에 수결을 했다면, 좀 심하게 말해서 무당파 전체가 장 소협과 상호 불가침의 관계를 맺게 되는 것과 같단 말이오. 무당파의 존장과 친구인 장 소협을 무당파의 어느 누가 건드릴 수 있겠소?"

차웅이 물었다.

"알다시피 장 소협과 관련된 일은 문파 전체와 관련된 일이오. 아무리 무당파의 존장이라 하더라도 장문인의 허락 없이 독단적으로 장 소협에게서 손을 뗀다는 걸 결정하기는 좀……."

"그렇지! 바로 그거요."

오원의 목소리가 더 높아졌다.

"이건 그야말로 장문인의 허락 하에 무당파가 문파 대 개인으로 조약을 맺은 거라 봐도 무방하오. 이미 염두에 두고 찾아왔단 뜻이외다."

"하지만 왜 무당파의 존장이 그런 선택을 하였겠소?"

오원이 양손으로 술상을 탁! 하고 짚으면서 강조하여 말했다.

"무당파는 실리를 택한 거요. 장 소협을 인정한 거지. 내 생각인데, 무당파는 장 소협이 무당의 무공을 쓰는 걸 확인한 것 같소. 그래서 무당파의 존장이 장 소협을 직접 보러 온 거고, 결국 그 자리에서 결론을 내렸겠지. 사소한 무공 도둑질 따위에 연연하기보다 장 소협과의 관계가 더 중요하다고."

오원이 흥분해서 말을 이었다.

"명목상으로는 개인 대 개인의 각서잖소이까. 하나 그 이면으로 보자면 이득을 보는 건 무당파란 말이오. 왜 그러냐면, 예를 들어 무당파와 소림사가 크게 싸운다 칩시다. 그때 각서를 쓴 무당파의 고수가 장 소협에게 말하는 거요. '교우로서 부탁하는데, 분쟁에서 함께 빠지자…….' 뭐 이런 식으로. 그러면 장 소협은 더 이상 개입하기 어렵단 말이오. 물론 그 반대로 적당히 중재를 부탁할 수도 있을 거요."

세 사람은 전혀 생각지도 못했던 부분이라 크게 감탄했다.

"허어!"

솔직히 말해서 우내십존의 시대가 저물고 차세대의 최고 고수에 대해 갑론을박이 펼쳐지고 있다.

그중 십 년 내 가장 최고수가 될 확률이 높다고 꼽히는 게 바로 장건이다. 장건은 차세대 무림의 주요 인물이 될 가능성이 크다.

장건을 꺾겠다고 무당파의 고수가 찾아왔다가 패했다면 무당파로서는 더 이상 장건을 적으로 돌리는 일이 무의미하다는 걸 깨달았을 터. 차라리 장건을 묶어 두자고 판단했을 것이다.

만일 장건이 각서를 어긴다면 만인의 지탄을 받을 테고, 아무리 무력이 강해도 명분이 중요한 강호에선 더 이상 발붙이기 어려우니 말이다.

오원은 대단한 걸 발견한 양 미소를 지었다.

"결국 이 각서는 장 소협이 무당파로부터 안전해지는 것이 아니라 오히려 무당파가 장 소협으로부터 안전을 보장받은 거란 뜻이외다. 막말로 장 소협이 천하제일인이 되어 강호 무림을 제패하려 한다 해도 무당파만큼은 안전해질 거란 뜻이오."

"하지만 왜 장 소협이 이렇게 손해 보는 짓을 하겠소?"

오원이 자신 있게 대답했다.

"그야 당연히 우리가 와 있는 이유 때문이 아니겠소? 장 소협은 자신이 '나는 이제 타 문파의 무공을 쓰지 않는다' 하고 확인시키는 의미로 우리와 비무를 한 것으로 보이오. 아니면 비무를 통해 우리에게 확인하라 한 것일 수도 있지만⋯⋯ 안타깝게도 우리가 그 정도에는 못 미친 것 같고."

세 사람도 오원의 말을 듣고 보니 장건이 한 이상한 행동들이 이해가 되기 시작했다.

"어찌 보면 장 소협은 그렇게 비무를 하고 나서, 과거의 일에 대한 대가로 '차후 당신네 문파와의 관계에서 불화를 일으키지 않겠다.'고 거래를 하는 중인 게 아닌가 싶소."

그 말에 세 사람은 정신이 번쩍 들었다.

"맙소사!"

"그런 뜻이!"

세 사람은 서로를 쳐다보았다.

"그래서 우리 같은 놈들하고도 친구가 되겠다는 각서를 쓰게 한 거구랴!"

"우리를 통해 자신의 뜻을 각각의 문파에 전달할 수 있도록 말이오!"

그렇지 않고서야 굳이 비무를 하고 각서를 쓸 이유가 있겠는가!

장건은 약관도 채 되지 않았다. 지금의 무위를 보면 앞으로 십 년 후엔 전 무림을 아우르는 고수가 되기에 충분하다. 소림사의 제약까지 풀리고 나면 날개를 단 것처럼 비상하리란 것은 자명하다.

이후의 일을 생각하면 지금 교우 관계를 맺는 것이 문파로서든 개인으로서든 절대 손해 볼 일은 아닌 것이다.

"으음……."

잠시의 침묵이 흐르다가 강모가 갑자기 말을 툭 내뱉었다.

"내일이라도 장 소협에게 비무를 청하러 가야겠소."

"강 형?"

"사람 앞날은 모르는 거잖소. 본산 제자면 몰라도 나 같은 속가 제자가 장 소협 같은 고수에게 안전을 보장받을 기회가 또 오겠소? 아까도 사실 장 소협이 모용 아우는 내버려 두고 차 형은 죽이려 들었잖소. 일전에 청성파의 존장께서 장 소협에게 큰 상처를 입혀서 앙금이 남았던 것 아니오? 우리 곤륜파도 소림사의 홍오 대사와 악연이 적지 않으니 내게 무슨 일이 생길지 어찌 알겠소이까. 아까 그 검기를 보셨잖소. 부끄럽지만 난 오금이 저렸소이다."

다른 이들이 고개를 끄덕였다.

"맞는 말이오."

"각서에 의한 교우 관계라는 게 굉장히 사무적인 것 같고 떨떠름하긴 하나, 생각해 보면 우리에겐 굉장히 좋은 일이외다. 하다못해 내가 감당하기 힘든 일이 생겼을 때, 직접적인 도움은 아니더라도 장 소협의 이름을 빌어 해결할 일이 얼마든지 있지 않겠소?"

한데 오원이 그런 강모를 말렸다.

"나도 내일 당장 가서 비무를 청하고 각서를 쓰고 싶소이다. 하지만 잘 생각해보시오, 강 형. 외람되나 이건 강 형이 함부로 결정할 일이 아니외다."

"그건 무슨 소리요?"

"아까 말했듯이 이건 과거의 원한과 문파의 무공 내력이 달린 문제요. 차 형이나 모용 아우는 어쩔 수 없이 하였으나 우린 다르오. 이건 어디까지나 명확한 하나의 거래이기 때문이오."

"으음……."

"장 소협의 무공을 용인하느냐 마느냐, 교우 관계를 가진 후의 한계를 어디까지 정할 것이냐. 본산에서 충분한 회의를 거친 후 그에 걸맞은 사람이 나오거나 우리에게 명을 내리거나 할 거요. 어쨌거나 지금은 보고를 하는 게 우선이라 보오."

"아……."

강모는 아쉬운 표정을 지었다. 그에 비해 침울해 있던 차웅와 모용서는 이제 얼굴이 활짝 펴졌다.

보고해서 얘기가 잘만 되면 장건과 교우인 것을 빌미로 문파에서 좋은 대우를 받을 수도 있기 때문이었다. 장건과 거의 유일한 소통의 통로인 셈이다. 변방이 아니라 중앙에서 요직을 맡게 될 터다.

모용서가 신난 얼굴을 애써 감추며 말했다.

"장 소협이 굳이 사과하거나 입장을 표명하지 않고 이런 식으로 돌려 말하는 건 강 형님 말씀처럼 앙금이 남은 때문인지도 모르겠습니다. 굳이 소림사의 방장 대사가 서한을 돌려 우리를 불러 모은 것도, 어쩌면 충무원에 와 있는 기한 동안 과거사를 정리하려던 뜻인지도요."

실제로 죽을 뻔했던 차웅이 고개를 끄덕였다.

"확실히…… 이건 장 소협의 뜻이 아니라 방장 대사의 뜻인지도 모르겠소이다. 장 소협의 말투는 공손했지만 시종일관 억지를 부리고 악에 받쳐 있는 듯 보였소."

"하긴, 처음 비무를 청했을 때도 그냥 지나쳤다가 깜박 잊은 듯 돌아와서 하겠다고 얘길 했지요. 스스로 생각해 낸 일이라면 그러지 않았을 겁니다."

가뜩이나 소림사가 지금의 지경이 된 데에 전 무림이 암묵적으로 동조한 판이다. 진산식에 대부분의 문파가 참석하지 않아 소림사가 당한 창피는 곱씹어도 사라지지 않을 터였다.

이들이 같은 일을 당했다면 역시나 원한을 뼈에 새겼을 것이었다.

오원이 다소 심각한 얼굴이 되어 말했다.

"이번 일, 단순히 볼 일이 아닐지도 모르겠소. 그 정도로 소림사와 장 소협이 악감정이 남아 있으면, 십 년 후 관부에 의한 소림사의 제약이 끝날 때 강호에 한바탕 피바람이 불 지도 모르겠소이다."

듣던 세 사람마저도 오싹해졌다.

"피, 피바람이오?"

"으음…… 지금도 장 소협을 당해 낼 자가 많지 않긴 하나, 그래도 전 문파를 상대로 선전포고를 하긴 어렵지 않겠습니까?"

오원이 딱딱하게 굳은 얼굴로 대답했다.

"혹시나 해서 하는 말이지만, 천문비록을 수중에 넣었다면 불가능한 일은 아니지요."

모용서가 눈을 크게 치켜떴다.

"천문비록!"

소림사에서 사라진 것으로 알려진 천문비록이었다.

"모든 문파 무공의 장단점이 담겨 있다는 천문비록……."

"그게 소림사에 남아 있다면 오 형의 말대로 강호의 전 문파를 상대할 만하고도 남음이 있소."

"하다못해 교우 관계가 아닌 문파의 무공 약점을 다른 문파에 알려 주는 것만으로도 얼마든지 피해를 입히는 일이 가능할 거요."

"허어! 그래서 그때를 대비한 상호 불가침의 각서를……."

"충분히 있을 수 있는 얘기요."

다들 고개를 끄덕였다.

여태 나온 얘기가 대개 추측이었고 말하다 보니 점점 더 과해진 감도 없잖으나, 어쨌든 손해 볼 건 없다는 결론에까지 이르렀다.

강모가 벌떡 일어나서 오원에게 포권을 했다.

"이 강모, 오 형의 혜안에 감탄했소. 정말 고맙소이다. 내 당장 본산에 전갈을 넣어서……."

그런데 그때 이상한 낌새가 느껴졌다. 아니, 사실은 천문비록이란 말에 놀랐을 때부터 뭔가 부자연스러운 느낌이 있긴 했다. 너무 놀라서 강모들이 미처 깨닫지 못했던 것뿐이었다.

"누구냐!"

차웅이 달려가 방문을 열자 휙! 휙! 소리가 나며 몇 개의 그림자가 달아나는 모습이 보였다.

뿐만 아니라 지붕과 창밖에서도 갑자기 인기척이 느껴졌다가 사라졌다. 창문을 열어보니 역시 인영(人影)들이 달아나고 있었다.

"아뿔싸!"

차웅이 혀를 찼다. 다른 감시자들이 이들의 행동을 감시하고 있었던 것이다.

하긴 장건을 계속해서 주시하고 있던 건 차웅들뿐만이 아니었으니 이들의 행동도 어느 정도 알려졌음이 당연했다. 양소은의 무관까지 들어오지는 못했더라도 이들이 그 안에서 무슨 짓을 했는지 궁금하긴 했으리라.

"우리 목소리가 너무 컸던 모양이오."

강모가 먼저 주섬주섬 옷을 챙겼다.

"이럴 때가 아니오. 이 소식이 다른 문파로 먼저 들어가게 둘 수는 없소. 천문비록과 관련된 얘기라면 더더욱이."

오원과 모용서도 급히 떠날 차비를 했다.

"미안하지만 술은 다음에 합시다. 나도 얼른 연락을 취해야겠소."

"형님들, 죄송합니다. 내일 뵙겠습니다!"

다들 급하게 자리를 파했다.

그날 밤.

서가촌에서 수많은 전서구가 하늘을 날았다.

전서구에 담긴 소식은 수십 군데에 이르는 각 대문파와 무림 세가들에 전해졌다.

제각각 엿들은 부분이 달랐던 탓에 전해진 이야기는 조금씩 달랐다.

게다가 그것은 대부분 '오원'이 추측한 내용이었음에도 불구하고 마치 '장건'이 직접 말한 것처럼 전해졌으니…….

제3장

사승을 찾아서

　셀 수 없는 전서구들이 서가촌을 떠난 밤.

　장건은 별이 총총거리는 어두운 밤이 되어서야 소림사로 돌아왔다. 평소보다도 많이 늦은 시간이었다.

　오는 동안 오늘 하루 있었던 일을 곱씹느라 자꾸만 걸음이 지체된 탓이었다.

　'내가 잘한 걸까?' 하는 생각부터 '뭔가 아쉽다' 하는 생각까지 오만 가지 생각이 다 들었다.

　뭐랄까? 아무리 각서를 받기 위해서였다지만, 애초에 비무를 청한 것도 그쪽이었다지만, 그래도 마음 한 구석이 내내 찜찜했다.

원하던 각서를 받아 냈는데도 그러하다.

'왜 이러지?'

장건은 마음이 복잡해서 속가 제자들의 숙소로 들어가지 않고 바깥을 한참이나 서성거렸다.

한참을 그러고 있는데 소왕무가 기지개를 켜며 숙소를 나왔다.

"아으으음! 안 들어오고 거기서 뭐해?"

"안 잤어?"

"너 올 때가 됐는데도 안 오길래."

"그랬구나…… 고마워."

소왕무가 장건의 얼굴을 힐끗 살피더니 물었다.

"왜 그러냐? 무슨 일 있어?"

하도 이런저런 일에 시달리다 보니 잘 어울리진 못했지만 그래도 장건에게 몇 안 되는 친구다.

'진짜 친구는 각서를 쓰는 친구가 아니라 이런 친구일 텐데……'

장건은 잠깐 고민하다가 소왕무에게 오늘 있었던 일을 털어놓기로 했다.

"사실은……."

장건의 얘기를 모두 들은 소왕무가 턱을 긁적거렸다.

장건이 한숨을 내쉬며 물었다.

"괜찮은 걸까?"

"그게 뭐가 문제라는 건지 난 잘 모르겠다. 어쨌든 각서를 두 장 받았으면 된 거 아냐?"

"꼭 내가 억지로 각서를 받아 낸 것 같잖아."

"억지?"

"내가 나 편하자고 남을 못살게 구는 게 과연 옳은 일인가 싶어서. 그럼 내가 산적하고 뭐가 달라?"

소왕무가 크게 웃으려다가 입을 가리고 목소리를 낮췄다.

"푸흡! 야, 누가 들으면 진짜 그런 줄 알겠다. 청성파와 모용세가 사람들이 무슨 못살게 군다고 못살게 굴어지는 사람들이냐?"

"응. 하지만 그 사람들이 누구든 결국엔 내가 괴롭혀서 각서를 받아 낸 건 사실이잖아."

소왕무는 문득 이상한 기분이 들었다. 대화에서 약간의 거리감이 느껴진다. 장건은 만에 하나라도 자기가 '진다'는 상황은 아예 염두에 두지 않은 말투다.

소왕무가 혹시나 싶어서 장건의 얼굴을 쳐다보니 장건은 무척이나 진지했다.

"흐음……."

생각해 보면 장건은 거의 시작부터 우내십존급의 고수를

만났다. 대부분의 싸움을 늘 자기보다 강한 고수와 치렀다.

겨우 이 년여 지났을 뿐인데 지금의 장건은 소왕무와 속가제전에서 비무를 겨뤘던 장건이 아닌 것이다. 현재의 장건은 강호에서 최고의 후기지수 중 한 명으로 손꼽히는 절정고수다.

"그렇겠네. 하긴, 네 입장에서는 괴롭히는 게 맞겠구나."

장건이 굳이 상대를 얕보거나 비하하려는 의미로 말한 게 아니라는 건 소왕무가 더 잘 안다.

애초에 급수가 다르다.

장건의 입장에서는 비무를 하기도 전에 승부가 결정되어 있다는 걸 알 정도로 격차가 있는 것이다.

그렇다고 장건이 강호의 경험이 풍부해서 상대를 배려해 주거나 할 만큼 연륜이 쌓인 것도 아니다. 장건은 중간 과정을 거치지 않고 너무 빨리 고수로 올라가 버렸다. 그러면서도 늘 전력을 다해서 싸워 왔는데 뻔히 이길 걸 아는 상대와 싸우는 게 어디 내키는 일이겠는가.

오히려 다치지 않도록 배려하는 게 어려운 일일 지경이다. 장건의 말대로 그건 그냥 각서를 얻기 위해 '괴롭히는 일'이 되어 버렸다. 약자를 상대로 폭력을 행사하는 일에 불과한 것이다.

당연히 그 과정에 무공을 사용함으로써 얻는 성취감이나

쾌감 같은 것이 있을 리도 없다.

"어떻게 하지? 그렇다고 안 할 수도 없고. 좀 번거로워도 각서를 받아 두면 나중에 편한데."

"난 말야, 네가 일방적으로 괴롭힌다는 생각이 들지 않을 만한 상대가 몇이나 있을지 모르겠다."

"하아…… 역시 안 하는 게 좋을까?"

"글쎄다. 그럴 바엔 아예 덜 귀찮게 더 높은 사람들한테 받든지."

"응?"

"어차피 받을 바에 그러는 게 편하지 않어?"

장건이 잠시 생각해 보다가 물었다.

"근데 내가 그런 걸 결정할 수 있을까?"

"찾아가서 비무하자고 하면 되지. 원래 그러는 거야. 그리고 이기면 정당하게 각서를 받으면 되잖아."

"그런가?"

그러고 보면 장건도 남들에게서 비무 요청을 강제적으로 받기만 했다. 반대로 장건이 그렇게 한다고 해서 이상한 일은 아닐 터다.

장건의 표정이 밝아졌다.

"난 왜 그 생각을 못 했지?"

"쯧쯧. 그러니까 이 형을 잘 모셔. 네가 천하제일 고수가 될 때까지 널 밀어줄게. 나도 천하제일 고수를 동생으로 둔 형이 되어 보자."

"난 천하제일 고수 안 할 건데. 미안해. 왕무 넌 천하제일 고수를 둔 형은 못 될 거 같아."

"제길. 그럼 그냥 친구해."

장건이 환하게 웃었다.

"고맙다, 친구!"

"어이쿠, 제가 고맙죠."

"그럼 먼저 들어가. 난 좀 어디 들렀다 갈게."

장건은 어디론가 가려는 듯 몸을 추슬렀다.

"어디 가게?"

장건이 소요매화검을 가리켰다.

"이거. 너무 위험해서 손 좀 봐 두게."

장건이 손을 본다는 의미.

소왕무는 얼마 전 해변소에서 일어났던 대소동의 기억이 떠올랐다.

"설마……."

"응. 지금도 날카로운데 조금만 기운을 넣으면 더 심하게 날카로워져서 사고가 날까 봐 불안해. 생각났을 때 미리 날을 갈아 두려고."

"그 아까운 걸!"

"이게 얼마나 위험한데. 내가 비무할 사람을 찾아다닌다고 해도 충무원에 출퇴근을 계속해야 하니까 당분간은 못 하잖아. 그 사이에 비무를 하게 되면 오늘처럼 사고가 나지 않게 할라구."

"대체 뭐가 어떻기에 그래?"

"보여 줄까?"

장건이 주섬주섬 감싼 천을 풀어서 소요매화검을 드러냈다.

그러곤 검을 뽑아 하늘로 향하게 들었다.

가만히 서 있던 장건의 몸이 살짝 떨렸다.

움찔!

그 순간 장건의 옷이 폭풍처럼 팽창하더니, 검에서 아스라한 광채의 빛줄기가 솟아올랐다. 스스로 빛을 내는 검강처럼 찬연하게 빛나는 건 아니지만, 곧게 뻗어 유형화된 청명한 기운에 달빛이 반사되어 황금색 빛이 넘실거린다.

쏴아아아!

아까 연습할 때와 달리 다칠 걱정을 않고 마음껏 기를 불어 넣었기에 검기는 아까의 크기를 훌쩍 넘어섰다.

웅웅웅!

검의 공명이 고요한 소림사의 경내를 감싸듯 조용히 울려 퍼졌다.

소왕무가 하하, 하고 어이없이 웃었다.

대여섯 자를 넘게 튀어나온 검기…….

이만큼 깨끗하고 긴 검기를 아무렇지 않게 뽑아내는 장건이 그저 괴물 같을 뿐이다.

멍한 얼굴로 소왕무가 중얼거렸다.

"건아, 그 각서라는 거 나도 좀……."

"너랑 나랑은 각서 같은 거 안 써도 친구잖아."

"그치? 너 그 말 평생 잊으면 안 된다……."

"응. 당연하지."

장건이 고개를 끄덕였다.

"후와아. 그나저나 이거, 정말 네가 다칠까 봐 걱정할 만한 거 같다."

"응. 더 큰 문제는 이게 조절이 안 된다는 거야. 지금도 내가 생각한 것보다 많이 날카롭게 뻗어 있네."

소왕무는 고개를 설레설레 내저었다.

장건은 지금 본신의 기운을 증폭시켜 주는 보검이 위험하다고 날을 갈아 버리겠다는 거다.

다른 무인들이 들으면 장건을 죽이려 들지도 몰랐다. 검기를 더욱 예리하게 벼려 주는 검은 갖고 싶어도 갖기 어려운 최고의 보검인데 말이다.

하지만 그러니까 장건이겠지, 하고 생각하는 소왕무다.

"넌 임마, 강호에서 살 사람이 아니다."

소왕무가 자기도 모르게 한 말에 장건이 반색했다.

"너도 그렇게 생각하지? 나도 그런 거 같아."

둘은 한참이나 검기를 바라보았다.

"그 날이 빨리 왔으면 좋겠다……."

장건이 중얼거렸다.

소왕무는 장건이 말하는 그 날이 어떤 날인지 정확하게는 이해할 수 없었으나, 그게 그리 쉽진 않을 거란 말은 조용히 삼키기로 했다.

우우우웅.

때 아닌 기의 파동으로 잠이 깬 속가 제자 아이들과 밤을 지키던 무승들이 다가와 아름답게 빛나는 검기를 함께 구경하고 있었다…….

* * *

비무 이후 며칠 동안 장건은 몇 가지 고민을 안고 여러 가지 생각을 하게 되었다.

소왕무와 얘기를 해 보기도 했으나 그런다고 간단히 해결될 만한 문제가 아니었다. 특히나 무공에 대한 고민이 아니라 무공 외적인 부분이 장건을 골치 아프게 만들었다.

당장에 비무를 시작하기 전에 잠깐 나누는 인사치레에서부터 딱 막혀 버리는 것이다.

양소은에게 얘기를 들어 보니 실제로 더 격식을 차리는 비무에서는 사문은 물론이고 사사한 스승까지도 소개한다고 했다.

'스승?'

장건은 갑자기 의문이 생겼다.

'내 스승님이 누구지?'

전에도 비슷한 의문이 있긴 했는데 스승 찾기가 딱히 간절하거나 하지 않아서 금세 잊었다. 물론 마음의 스승은 여전히 굉목—하분동—이다. 장건에게 가장 많은 영향을 준 것도 하분동이고, 기초를 닦게 해 준 것도—물론 직접 가르쳐 준 적은 없지만— 어쨌든 하분동이었다.

하지만 그건 순수히 장건의 생각일 뿐이었다. 하분동이 장건을 제자로 생각했는가는 또 다른 문제이기 때문에, 장건은 결국 하분동에게 물어보기로 했다.

* * *

"노사님, 궁금한 게 있는데요."

"뭐냐."

"누가 저한테 스승님이 누구시냐고 물으면 노사님이라고 대답해도 되나요?"

"쿨럭."

하분동은 사레가 들어서 기침을 했다.

"뭐, 뭐라고?"

하분동은 충무원의 일과를 끝내고 막 퇴근을 준비하던 중이었는데, 장건의 뜬금없는 질문에 어이없는 얼굴이 되었다.

"네 녀석은 내 사형인데 내가 네 스승이면 그게 뭐가 될 거라고 생각하냐? 세상에 사제가 스승인 관계도 있더냐?"

사실 장건도 하분동이 그렇게 말할 줄은 예상했었다. 하분동이 환속하면서 관계가 굉장히 애매해졌기 때문에 어쩔 수 없는 일이었다.

"아무래도 그렇겠죠?"

장건은 다시 물었다.

"그래도 제가 노사님께 제일 많이 배운 건 사실이잖아요."

하분동이 코웃음을 쳤다.

"내가 언제 널 가르쳤느냐? 네가 알아서 배웠지."

"그럼 전 스승이 없는 건가요?"

"그렇진 않지만……."

하분동이 답지 않게 말을 흐렸다.

속가 제자들은 특별한 경우가 아니면 굳이 스승을 따로 모시거나 하지 않는다. 무공 교두나 교관을 사부라고 부르는 정도에서 그친다. 대외적으로 소개할 때도 전담했던 교관을 스승으로 삼았다고 말하는 게 일반적이다.

그러나 장건은 안타깝게도 이런저런 일에 휘말리는 동안 그런 기회를 놓쳤다. 속가 제자가 되었어도 제대로 무공을 배운 시간이 적어 당시의 무공 교두나 교관들을 스승으로 삼는다는 것도 우스운 꼴이다.

게다가 지금에 와서 장건에게 새로 스승을 붙이기에는 너무 늦은 것이…… 장건은 문각, 홍오는 물론이고 우내십존에게까지 사사하였다.

아무리 명목상이라도 그렇지 자신보다 뛰어난 인재를 어떻게 받아들인단 말인가. 배분상으로 보면 원 자 배 중 한 명이 장건의 스승이 되면 좋은데, 그중에는 장건을 감당할 만한 이가 없다. 자기가 형식적으로만 장건의 스승이라고 어디다 자랑할 것도 아닌데 말이다.

하여 장건은 애매한 방치 속에 이래저래 스승도 정해지지 않고 있었다.

하분동이 생각에 빠져 있자 장건이 또 물었다.

"홍오 대사님은요?"

하분동은 화들짝 놀랐다.

"그건 안 된다."

홍오는 제자를 받아서는 안 되는 금제가 걸려 있다. 지금까지 일어난 사건들도 장건이 홍오한테 무공을 배웠다고 해서 벌어진 일인데!

실제로 사제 관계에 가까웠다 하더라도 끝까지 아니라고 부정해서 '의심스러운 정황'인 것과 '정말로 인정'하는 건 다른 얘기다. 장건이 제 입으로 제자라고 했다가는 겨우 진정된 사태가 다시 불거져서 난리가 날지도 모르는 일이었다.

이럴 줄 알았으면 예전에 자신이 받아들일걸 그랬다 싶기도 하다. 그러나 그땐 무림을 떠나겠다 공언한 게 부끄러워서라도 그리할 수가 없었다. 물론 자기가 대단한 권위를 가진 사람은 아니니 혼자 거짓말을 한 셈 치면 되었겠으나, 그나마도 이미 한참이나 시기를 놓친 얘기였다.

그래서 하분동은 '사부 얘기를 했다가는 큰일 난다.'라고 말하려다가 문득 자기도 이제는 홍오와 사제 관계가 끝났다는 걸 깨달았다. 어떻게 보면 장건이나 자신이나 마찬가지 신세였다.

"허……."

"네?"

"아니다. 아무튼 그 사람…… 아니, 그 스님은 입에도 담지 마라."

장건이 고개를 끄덕인다.

사승을 찾아서 119

"저도 알고 있었어요. 그냥 여쭤 본 거예요."

하분동의 얼굴이 일그러졌다.

'이놈이……?'

하분동은 끙 하고 되물었다.

"한데 네가 굳이 스승이 누구라고 말할 필요가 있더냐?"

"전에 원호 사백님이요, 스승으로부터 물려받은 무공을 전승하는 게 문파의 정통성이라고 하셨어요."

"그건 본산의 기명 제자들에게나 해당하는 얘기다. 넌 속가니까 신경 쓸 필요 없다."

"그런가요?"

장건은 수긍하는 듯했지만 이해하는 표정은 아니어서 하분동이 되물었다.

"아직 더 물어볼 게 남았느냐?"

"음…… 만약에 누가 노사님께 사문과 사사한 무공을 물으면 뭐라고 대답하실 건가요?"

홍오의 얘기가 걸려 있으니 생각만 해도 짜증 나는 질문이었다. 그러나 이런 기본적인 얘기조차 장건에게 해 준 적이 없었다는 생각이 들었다. 하분동은 눈살을 찌푸린 채 잠시 생각하다가 대답했다.

"지금은 속가가 되었으나, 이전에는 소림에서 용조수와 불영신보를 익혔다 대답했을 것이다. 사부는…… 법명을 홍오로 쓰시는 분이라 했겠지."

그러자 장건이 하분동을 빤히 쳐다보았다.

"그럼 저는 뭐라고 해야 하나요?"

그 순간 하분동은 말문이 막혔다.

사실상 장건은 자신과 홍오에게서 기본적인 무공을 사사했다. 하나 대외적으로는 그것이 인정되지 않는 처지다.

'이 녀석에겐 뻔히 있던 사실조차 부정되는 것이 혼란스러울 수밖에 없겠구나.'

하지만 하분동이라고 답이 있을 리가 없었다.

하분동은 한동안 속으로 끙끙거리다가 결국 장건의 부담스러운 눈빛을 외면하며 말했다.

"방장 대사께 가서 여쭈어 보아라."

*   *   *

원호는 최근의 평온함을 마음껏 누리고 있었다. 강호가 어떻게 돌아가든 별로 신경 쓸 게 없는 소림사인지라 내치에만 힘을 기울이면 되었다.

거기에는 장건이 큰 사고를 치지 않아서 평안이 유지되는 탓도 컸다. 무당파와 개인적으로 친분을 맺었다거나 몇몇 무인들과 비무를 했다거나 하는 소식은 들었으나, 그건 장건의 개인적인 일이지 원호가 신경 쓸 일은 아니었다.

그 잔잔한 일상에 장건이 찾아와 돌 하나를 던졌다.

"방장 사백님, 제 스승님은 누구인가요?"

"응? 그야 홍······."

원호가 무심코 홍오라고 대답하려다가 입을 다물었다.

장건이든 누구든 홍오의 제자여서는 안 되었다.

"굉목 사숙?"

"노사님은 아니라고 강력하게 거부하셨어요."

부정도 아니고 거부했다고 하니 말의 의미가 묘해졌다.

"하기야 지금은 속가로 환속하셨으니······."

전에는 스승이었다가 지금은 제자의 사제가 되었다는 것도 뭔가 이상한 일이다.

예를 들어 장건이 누군가에게 질문을 받았을 때,

―장 소협의 사부님은 어찌 되십니까?

―아, 네. 저는 굉목 사부님께 배웠어요.

―처음 듣는 함자인데, 굉목······ 사부님이 누구신지요?

―예, 지금은 환속하셔서 제 사제예요. 제가 사형이구요.

―네······ 네?

라는 식으로 엉망진창 꼬이면 당사자나 질문한 사람이나, 소림사마저도 얼마나 난감할 터인가.

원호는 혼잣말로 중얼거렸다.

"그러게? 누구지?"

"제가 여쭈러 온 건데요?"

"그건 나도 안다만, 속가 제자들은 스승을 두지 않는 경우도 많다. 그게 그리 중요한 일이냐?"

장건은 하분동에게 말했던 그대로 대답했다.

"중요한지 아닌지 전 잘 모르겠어요. 그럼 전 누구에게 무공을 배웠고 어떤 무공을 익히고 있다고 말해야 하나요?"

그 순간 원호도 하분동과 마찬가지로 찔끔했다. 저절로 이마에 주름살이 생겼다.

"으음……"

원호는 그제야 미처 정리가 끝나지 않은 것을 깨달았다.

장건에게 실질적으로 무공을 사사한 스승과 대외적으로 알려야 할 스승이 서로 엇갈리게 다른 까닭이었다.

문파의 비전 무공이나 절기의 전수는 곧 사승(師承)으로 맥을 잇는다는 걸 의미한다. 속가 제자들이 대체로 사제의 연에 연연하지 않는 것도 절기를 잇지 않기 때문이었다.

한데 장건이 익힌 무공 중에는 타 문파의 절기들부터 시작해서 심지어 우내십존이 사사한 것까지 포함되어 있으니…… 가만 내버려 두면 남들은 장건을 무슨 공동전인 보듯 할 터였다.

그러면 정식 스승이 없는 장건은 소림사의 제자라는 신분이 희미해지고, 후에 큰 업적을 쌓거나 했을 때 '그게 소림사만의 공이냐!'라는 식으로 타 문파에서 이의를 제기하여 분란이 야기될 가능성도 있었다.

원호는 이를 갈았다.

이게 다 홍오와 검성의 탓이다!

홍오는 분란의 씨앗을 뿌렸고, 검성 윤언강은 씨앗에 거름을 주어 사방팔방 떠들고 다녔으니…….

아니, 근데 또 생각해 보면 황당한 것이!

솔직히 원호도 지금의 장건이 쓰는 무공들이 뭐가 뭔지 전혀 구분하지 못하고 있질 않은가!

그러니 남들이 볼 땐 더더욱 장건이 어디서 누구의 무공에 가장 큰 영향을 받았는지 판단하기가 어려워지는 것이다.

원호가 인상을 쓰며 이마에 주름살을 만들어 냈다.

하다못해 홍오에게라도 물어보면 좋으련만, 홍오도 없는 마당.

원호는 그래도 혹시나 해서 물어보았다.

"네 생각에, 네가 쓰는 무공은 무엇무엇이 있느냐?"

장건은 촌각도 고민하지 않고 대답했다.

"이름은 모르겠고 그냥 생각나는 대로 해요."

"……"

사실은 물어볼 때부터 대충 대답을 예상했었다.

"끙, 일단 돌아가 있거라. 나중에 다시 얘기하자."

원호는 장건을 보내곤 몇몇을 만나 상의를 해 보았다가, 결국은 해답을 찾지 못하고 굉운을 만나러 갔다.

          *   *   *

조사전, 굉운이 머물고 있는 방은 서늘하니 한기가 돌고 있었다.

다행히 굉운은 빙정석 덕에 상처가 더 이상 악화되지 않아 혈색이 많이 나아져 있었다.

굉운이 서역에서 온 불경의 해석본을 집필하고 있다가 원호를 반겼다.

"어서오시게."

"여쭤볼 게 있어 왔습니다."

"그래, 무엇이 궁금한가?"

원호는 장건이 찾아왔던 사실을 털어놓았다.

"아이가 뿌리를 찾고 싶어 하는 것 같습니다."

"흠."

잠시 생각하던 굉운이 고개를 끄덕였다.

"그래. 그럴 때도 되었다고 생각했네. 그 나이면 정체성을 고민하기에 가장 적당한 나이지."

굉운이 붓을 놓고 말을 계속했다.

"그럼 실질적인 스승부터 따져가는 게 옳겠군. 방장 사질도 알다시피 최초에 굉목 사제였고, 다음은 홍오 사숙이었네."

"굉목 사숙께선 스스로도 극구 부인하시는 데다 이제 와 사제지간을 인정하기엔 배분도 애매해진 관계이고, 홍오 사숙조는 금제 때문에 건이뿐 아니라 누구라도 제자라 할 수 없는 상황이지요."

"그렇지. 허면 과거에야 어쩔 수 없었다 치고 이제라도 누군가를 스승으로 삼는 건 어떠한가. 속가 제자니까 뒤늦게 스승을 정해 준다 하더라도 원칙적으로는 문제가 되지 않네."

"지금 건이는 누가 스승이 되더라도 부담스러울 수밖에 없는 아이입니다. 하다못해 한때 건이를 맡았던 원우 사제만 해도 감당하기 어렵다며 거부하고 있습니다."

"그렇기도 하겠지. 이미 본산에서 무공은 물론이고 무명(武名)으로조차 그 아이를 넘어설 만한 이가 거의 없을 것이니. 본래 그런 제자는 함부로 거둘 수가 없는 법이고······."

굉운이 말끝을 흐리며 쳐다보자 원호는 감을 잡았다.

"전 싫습니다."

"권하지 않았다네. 자네가 스승이 되면 너무 일이 복잡해지지."

"그럼 따로 건이를 수습할 사람이 있겠습니까?"

굉운이 한참을 생각하다가 털어놓듯이 말했다.

"사실 예전부터 생각한 바가 있긴 하네만, 사질은 어떻게 받아들일지 모르겠네."

"저야 골칫덩이를 맡아 줄 사람이 있다면 괜찮지요."

"그분께서도 승낙하실지 어떨지 모르네. 지금 상황에서는 그분이 맡아 주시는 게 아마도 명분이든 실리든 가장 어울리지 않은가 생각되네만."

"그……분이라고요?"

"소림에서 아마 건이를 제자로 둘 수 있는 유일한 분이 아닐까 생각하고 있지."

"대체 그분이 누구십니까?"

굉운의 웃음을 원호는 종잡을 수가 없었다.

"말로 하면 자네가 믿지 않을 테고. 가만? 계신지 모르겠네. 아마 자네가 건이 얘기를 하러 온 걸 아신다면……."

굉운이 갑자기 방문 쪽을 보며 말했다.

"계십니까?"

원호는 굉운이 뭘 하는지 알 수가 없어서 어리둥절했다. 방 안에는 둘 밖에 없었고 밖에도 따로 인기척이 없었다.

"누가 찾아오기라도 하였습니까?"

굉운이 대답 대신 가볍게 손을 휘젓자 문이 열렸고, 밖에서 비질을 하고 있던 자그마한 체구의 노인이 보였다.

사승을 찾아서 127

원호와 노인이 동시에 놀랐다.

"헛!"

"으익!"

원호는 방 밖에 누가 있다는 사실을 전혀 몰라서 놀랐고 노인은 굉운이 자신을 드러낼 줄 몰라서 놀랐다.

굉운이 부드럽게 말을 건네었다.

"사숙조께서는 제 생각이 어떻다 보십니까?"

"사숙……조?"

굉운이 소개했다.

"문원 사숙조이시네."

"예?"

원호는 말을 듣고도 어리둥절해하다가 뒤늦게 놀랐다.

"허억! 설마……."

"은노로 계시지."

원호가 당황함을 감추며 속으로 불호를 되뇌었다.

은노가 존재한다는 얘기는 건너건너 들었지만, 아직까지 문 자 배가 생존해 있다는 건 예상하지 못했다.

그만큼 충격적인 일이었다.

원호는 반가움과 어색함 등 여러 가지 감정이 교차하는 와중에도 어쩔 줄 몰라 했다.

문 자 배라면 원호에겐 증조(曾祖)뻘이다. 그야말로 문파의 대어르신이 아닌가!

"태사숙조를 뵙습니다."

원호가 황망해하며 일어서서 깊은 반장으로 문원을 맞이했다.

문원이 쭈뼛거리면서 불편한 표정으로 들어왔다.

"에이, 귀찮게."

"나무아미타불."

굉운도 일어서서 반장으로 문원을 맞이하고는 물었다.

"어서 오십시오. 정식으로 방장 사질을 보기는 처음이시지요?"

"아이, 아직 때가 안 되었는데 부르면 어떡해!"

"상황이 상황이니만큼 어쩔 수 없지 않습니까."

"그야 뭐……."

"보시기에 방장 사질은 어떻습니까?"

"어떻긴…… 간신히 기(棄)를 걸칠락 말락 해. 소림 역사상 이렇게 무공이 뒤떨어지는 방장은 처음일 거야. 아휴, 내 부끄러워서 진짜. 아직 일러. 많이 일러."

원호는 뜨끔해서 아무 말도 못 했다.

문원의 독설이 이어졌다.

"버리긴커녕 죄다 끌어안고, 그것도 모자라서 피해를 안 보려 잔머리만 굴리고 그러는데 어디 기사탁연수가 가당키나 하겠어? 스님이 아니라 거간꾼이나 됐으면 딱 맞겠네."

원호의 얼굴이 빨개졌다.

"그것은 저……."

"됐고. 내가 억지로 끌려나오긴 했지만 거기는 아직 나와 대화할 때가 안 됐어."

문원이 말을 딱 자르자 원호는 무안해졌다. 굉운이 웃으면서 말했다.

"그럼 제대로 된 인사는 때가 되면 하도록 하지요. 지금은 건이의 얘기를 하는 중입니다만, 어떠십니까?"

"나도 다 들었어. 그러니까 내 이름을 빌려 달란 거 아녀."

"정확합니다."

"승려가 거짓말이나 하라 시키고…… 완전 못된 땡중이여."

"허허, 거짓말이라니요. 정말로 가르치셨잖습니까. 앞선 이들이야 정식으로 제자를 둘 형편이 아니었으니까요."

원호는 전혀 모르는 일이었다.

"태사숙조께서 건이를 가르치셨다고요? 저도 오늘 처음 뵈었……."

"떽! 끼어들지 말래도? 이렇게 머리가 나빠서야 어떻게 방장을 해 먹고 있누?"

원호는 민망해하며 입을 다물었다.

굉운이 대신 얘기해 주었다.

"일전에 역근세수경을 전수하셨네."

"허…… 도대체 언제……."

말을 삼가려고 했지만 튀어나오는 감탄까지 막을 순 없었다. 역근세수경은 그야말로 소림사 최고의 내공심법이다. 역근세수경을 전수했다면 장건의 스승이라고 인정하지 않는 게 이상할 지경이다.

문원이 입을 삐죽거렸다. 어색해하는 모습이 주름살 가득한 아이 같은 모습이었다.

"가르치긴 했는데…… 애가 이상하게 받아들이더라구. 그래서 제대로 전수했다고 하긴 좀 그렇지."

원호는 황망한 와중에도 웃음이 났다.

다른 무공들뿐 아니라 소림사 최고의 내공심법인 역근세수경마저 '장건식'으로 받아들인 게 장건답다는 생각이 들어서였다.

문원이 원호를 째려보았다.

"웃기냐?"

원호는 재빨리 웃음을 감추었다.

"아닙니다."

"아니면 내가 반말하니까 기분 나빠?"

"제가 어찌 감히……."

"내가 널 아직 방장 스님으로 인정 못 하는 게 억울하면 무공 수련이나 쉬지 말어. 인격도 덜 됐지 무공도 딸리지, 내가 어휴, 진짜 어휴."

굉운이 끼어들었다.

"너무 나무라지 마십시오. 제가 잘못한 탓입니다. 진산식을 서두르는 바람에 업무조차 제대로 승계하지 못했지요."

"알어. 그래서 나도 조만간 한번 얘기를 하긴 해야겠다 싶긴 했어. 지금 얼굴 본 김에 겸사겸사 타박한 거야. 근데……."

문원이 굉운을 보고 말을 이었다.

"내 이름이야 이미 오래전에 버린 것이고 문원이란 법명도 은노와 상관없이 대외적으로 써먹는 것도 상관없지만, 정말 그래도 되겠어?"

"그야 원호 사질이 선택할 테지요."

"에이, 못 미더운데."

원호는 구박을 받으면서 좀 움츠러들었지만, 일단 태사숙조를 만난 어색함은 차치하고라도 머릿속으로는 굉운의 의도를 따져 보는 중이었다.

사실 강호에서 살아 있는지조차 의심스러운 전전대의 고수에게 사사하는 건 드물지만 없는 일은 아니다.

노고수가 깊은 산중에 폐관수련을 들어갔는데, 수십 년 소식이 끊겨서 죽은 줄 알았더니 멀쩡히 나타나서 무공을 알려주고 가더라…… 하는 얘기는 충분히 있을 수 있는 일이었다.

그런 경우, 워낙에 배분이 높아 다른 이들이 왈가왈부하기에도 어려워진다. 심지어 우내십존의 이름조차 이 갑자를 산 선대의 고승(高僧) 앞에서는 함부로 내세우기 어려운 면이 있었다.

막말로 장건의 희한한 무공을 고승의 괴팍한 취향…… 이라고 우길 수 있는 것도 물론이다. 어느 누가 겁도 없이 선대의 고수에게 따지러 갈 수 있겠는가!

그뿐만이 아니다. 워낙 오래 살았으니 세상일에 관여하지 않는 터, 장건의 강호행에도 걸림돌이 되지 않을 터이다.

그러니 일단 문원이 장건의 스승으로 나선다면 여러모로 지금까지의 껄끄러웠던 상황은 제법 깔끔해진다.

하지만 더 큰 문제가 있었다.

단 한 가지 유일하면서도 심각한, 그리고 결정적인 단점.

그건 바로 소림사의 배분이 엉망진창으로 꼬여 버린다는 점이었다.

장건이 문 자 배의 제자로 홍오와 같은 배분이 되면 소림사의 제자들은 어쩌란 말인가? 그리고 강호의 전체적인 질서 또한 그로 인해 복잡해지지 않겠는가?

제아무리 파격적인 원호라도 배분 문제는 좀처럼 해답이 나오지 않는 것이었다.

"저…… 죄송합니다만 아무리 명목상이라도 이건 좀 어려워

보입니다. 다른 이들이 하나같이 이해할 수 없는 처사라 말할 겁니다."

굉운이 웃었다.

"자네는 아무래도 건이를 치우기만 하면 괜찮다지 않았는가."

"그렇긴 합니다만……."

문원이 흥 하고 코웃음을 쳤다.

"뭐, 이랬다가 저랬다가. 난 어차피 처음부터 마음에 안 드는 제안이었으니까 알아서들 해. 아무리 이름만 올린대도 굉목이가 많이 섭섭해 할 거 생각하면 난 좀 그랬어."

"전에도 그랬지만 사숙조는 참으로 섬세하시다니까요."

"뭐, 전(前) 방장 스님만큼 할까? 뭐 누구 다치고 죽고 그러면 밤에 몰래 훌쩍훌쩍……."

"허허, 방장 사질이 듣는 데 너무하십니다. 그게 도대체 언제 일입니까."

"그러게 누가 먼저 시작하래?"

문원이 투덜거리는 걸 애써 외면한 굉운이 갑자기 정색하며 원호에게 말했다.

"아무튼 현재로서는 여러 사정상 건이를 감당할 수 있는 사람은 사숙조뿐이라고 생각하네. 나는 본래 둘 중 하나를 생각하고 있었네."

원호도 멋쩍던 표정을 지우고 진지하게 굉운의 말을 들었다.

"생각하시던 두 가지가 무엇입니까?"

"하나는, 다소 복잡하더라도 굉목 사제가 건이의 스승 역할을 했다는 걸 인정하는 것일세."

"끙……"

썩 내키지는 않지만 다소의 애매함과 불편을 감수하자는 얘기다. 물론 하분동이나 장건의 정리(情理)를 생각하자면 도의적이든 인의적이든 그 편이 올바른 길일 것이다.

하나 그 일이 얼마나 호사가들의 입을 오르내리게 될까 하는 상상만 해도 아찔할 지경이다.

개판이네, 난장판이네, 강호 무림의 역사상 최고 별난 얘기네…… 하고 온갖 수식어가 다 붙을 판이다.

거기다 홍오, 우내십존 등과의 얽힌 관계는 여전히 청산되지 않는 채일 것이고.

원호가 한숨을 내쉬며 물었다.

"다른 선택지는 무엇입니까? 그게 태사숙조께 건이를 맡기는 것이었습니까?"

"아닐세. 건이를 놓아주자는 얘길 하려 했네."

"예?"

원호는 물론이고 문원도 굉운을 쳐다보았다.

굉운이 조용히 말을 이었다.

"그간 여러 번 얘기가 나왔으니 오늘 처음 들은 얘기는 아닐 걸세. 내내 말이 나오지 않았는가. 특히 자네도 그리 생각했었지. 우리 소림이 감당할 수 없다면 놓아주어야 한다고."

"하지만…… 그때와 지금은 사정이 다릅니다."

"맞네. 다르지. 그때는 건이가 스스로를 지키지 못할 때였고, 지금은 충분히 지키고도 남을 만한 힘을 가진 무인이 되었다네. 이제는 어쩔 수 없이 인정해야 할 걸세. 소림은 더 이상 건이를 지켜 주는 벽이 아니라네."

"으음……."

원호는 신음 소리까지 내며 인상을 썼다. 장건을 놓아주자는 굉운의 말이 강호에 미칠 파급을 생각하면 사실 원호는 펄쩍 뛸 정도로 놀라야 했다.

그러나 그러지 않은 것은 원호 역시 비슷한 생각을 한 적이 있기 때문이었다.

'건이를 놓아준다…….'

그건 단순히 소속이 없는 자유무인으로 풀어 준다는 뜻이 아니다.

문파에서 감당할 수 없는 제자는 보통 둘 중 하나이다. 천치이거나 천재이거나. 그러나 천치를 제자로 받는 경우는 거의 없으므로 대부분은 천재일 때 문제가 생긴다.

그리고 천재가 문제를 일으키는 건, 사마(邪魔)로 빠지거나 혹은 스스로 깨달음을 얻어 문파가 추구하는 방향과 다른 길로 대성(大成)하거나 하는 외도(外道)의 경우이다.

하나 사실상 주화입마하여 미치광이라도 되지 않는 이상, 사마와 외도는 구분하기가 매우 어렵다. 사마든 외도든 어차피 기반은 해당 문파에서부터 시작되었기 때문이다.

만일 사마가 아닌 외도로 판명된다면, 그것이 인륜(人倫)을 해치지 않는다는 전제하에 문파들은 한 가지 선택을 할 수 있다.

바로 분파(分派)를 허락하는 것이다.

실제로 태을문도 오래전 종남파의 속가가 세워 지금까지 맥을 이어오고 있기도 하다.

"그렇다면 건이를……."

원호의 짧은 질문, 그리고 그 뒤에 생략된 얘기를 굉운이 답했다.

"방장 사질의 짐작대로, 건이를 새로운 계파의 조사(祖師)로 인정하는 것일세."

원호의 눈이 휘둥그레졌다.

장건이 새로운 소림계파의 개파조사(開派祖師)가 된다!

그야말로 소림사의 또 다른 파격.

소림사의 무공을 기반으로 타 문파 무공을 모두 흡수하여 독보적인 무공을 대성했다 인정한다면, 우내십존의 영향에서도 벗어날 수 있다. 소림사도 장건도 홍오를 비롯한 귀찮은 인연의 굴레를 떼어 낼 수 있는 것이다.

강호의 도리상 장건이 새 계파의 조사로 독립적인 길을 가는 순간부터는 일파(一派)의 수장으로서 존중받게 된다. 그러면 과거 장건의 무공에 영향을 준 이들의 행동은 '도움을 준 것'이 되지, '본문의 무공을 익혔으니 입문해서 제자가 되어라' 할 수는 없게 되는 것이다.

"그래서 문원 태사숙조를 스승으로 삼아야 한다 하셨군요!"

이제야 굉운의 뜻을 어느 정도 이해한 원호다.

굉운이 빙그레 웃었다.

"그렇다네."

장건이 개파조사로서 장문인이 된다면 무 자 배의 낮은 배분에서 시작하기 때문에 강호에서 제대로 된 대우를 받기 어렵다.

하지만 문원의 사승으로 홍 자 배의 배분을 이어 받는다면 개파 후에도 어디 가서 얕잡아 보이진 않을 것이다.

어차피 장문인이 된다면 소림사에서도 함부로 대할 수 없으므로 차라리 굉운의 생각처럼 높은 배분으로 시작하는 게 낫다. 소림사가, 굉운과 원호가 해 줄 수 있는 최대한의 배려인 셈이다.

또한 복잡한 상황을 정면으로 타개할 수 있는 최고의 방법이기도 하다.

하나 그것이 말만큼 쉬운 일은 아니었다.

장건이 독립하여 계파를 일으키면 뿌리는 같지만 다른 가지가 된다. 오누이처럼 친하게 지낼 수도 있지만 수백 년이 지난 후에는 완전히 독립적인 문파로 떨어져 나갈지도 모른다. 소림사로서는 비인부전의 상승 무공이 사외(寺外)에서 전승되는 것을 용인하는 셈이 될 수도 있다.

의외로 감수해야 할 부분이 큰 것이다.

원호가 깊은 생각에 잠긴 사이, 굉운이 말했다.

"어차피 분파를 허락한다고 당장에 개파하긴 어려울 걸세. 그 나이에 개파를 한다는 것도 쉽진 않을 테고, 많은 준비가 필요하지. 이후에 일이 어찌 진행될지도 알 수 없고 말이네. 우선 방향을 그쪽으로 잡고 천천히 지켜본다면 의외로 해답이 쉽게 보이지 않을까, 나는 그리 보고 있네."

원호가 고개를 끄덕였다.

"저도 충분히 그 말씀이 옳다고 생각하고 있습니다. 그런데……."

"달리 마음에 걸리는 게 있는가?"

"내가 편하자고 건이를 소림 밖으로 내모는 게 과연 옳은 일인가 고민스럽습니다. 하물며 정말로 건이가 계파를 이룰 자격이 되는가에 대해서 말입니다."

문원이 끼어들었다.

"자격은 되지."

"어떤 면에서 말씀입니까?"

"이조암의 묵철암(墨鐵巖)을 울렸으니까."

"예?"

묵철암을 울리려면 소림사의 원주급이나 되어야 가능한데 소림사의 원주급이면 한 문파의 장문인으로는 충분하다. 결국 장건이 일파를 형성할 자격이 된다는 뜻이었다.

"대체 언제……."

"가서 한번 봐. 근간엔 가 본 적도 없지?"

"부끄럽습니다."

"여차하면 가장 먼저 싸움질을 해야 할 게 소림사 방장인데…… 에잉. 아무튼 그게 언제냐면 윤가라는 자가 십대고수 중 둘을 쓰러뜨린 날이었어."

원호가 생각해 보니 그때 미심쩍은 일이 있긴 있었다.

"그때 때 아닌 타종 소리가 들렸다 싶었더니 그게 건이였군요."

"응."

원호는 묘한 표정을 지었다. 그 아이는 어디까지 자신을 놀라게 할 셈일까?

묵철암을 진동시켜 소리를 내려면 순수장력으로 계산해서 삼 갑자의 내공을 쏟아 부어야 한다. 그러니까 이 갑자의 내공을 가지고 십일 성의 공력으로 치는 것과 비슷하다.

장건이 처음 속가제전에서 소왕무와 비무를 할 때, 그때 장건은 일 갑자의 내공에 팔성의 성취를 이룬 무인의 공력을 가지고 있었다.

그게 얼마나 되었다고 벌써 묵철암을 울릴 정도가 되었단 말인가.

"허……."

저도 모르게 감탄이 나오고 만다.

그런 원호를 보며 살포시 혀를 찬 문원이 말했다.

"비은이 부족했는데, 그것마저도 스스로 해결했어. 아마 그 결과물일 거야."

원호는 자신이 장건과 대련했던 때마저 문원이 지켜보고 있었다는 사실을 깨달았다.

"정말입니까? 겉으로 보기엔 전혀 그리 보이지 않던데요? 비은의 조화를 일으켰다면 하다못해 움직임이라도 좀 정상적이 되었어야……."

"그것도 극복했어. 그냥 옛날이나 지금이나 보이는 건 똑같아……."

원호도 더 할 말이 없어졌다.

"……그렇군요."

문원이 진저리를 쳤다.

"어휴! 걔는 진짜 존재 자체가 사마외도야. 문파를 차려서 강호에 걔 닮은 애들이 막 늘어날 걸 생각하면 좀 끔찍하지 않니? 정말 걔 분파시켜도 괜찮겠어?"

"허허……."

원호와 굉운은 동시에 웃었다.

사실 둘 역시 말은 안 했지만 속으로 똑같이 생각하고 있었기 때문이었다.

"갑작스러운 일일지 모르나 이미 오래전에 제기되었어야 할 문제였던 만큼, 원주회의를 열어 최종 심의를 하도록 하겠습니다."

원호의 말에 굉운과 문원이 차례로 고개를 끄덕였다.

수뇌회의에서 큰 이견이 나오지 않는다면, 이제 장건은 소림 무맥의 일파로 당당히 소림사의 이름이 포함된 독자적인 무림 문파를 설립할 수 있는 자격을 얻게 될 것이었다.

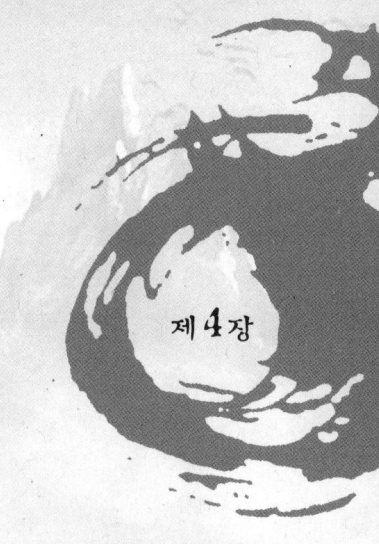

제**4**장

이름을 갖는다는 것

장건의 일로 수뇌부가 몇 번을 모였는지 셀 수도 없었다.

이제는 마지막이려나, 좀 조용해지려나, 싶으면 또 모이게 되니 원주들도 이제는 그러려니 하고 있었다.

그럼에도 불구하고 원호가 들고 온 얘기를 듣고는 다시 황망한 표정을 짓고 말았다.

"지금 말씀하신 게 사실입니까?"

"분파를 허용하겠다고요?"

원주들의 질문에 원호가 고개를 끄덕였다. 두 번 말을 할 필요는 없었다. 방금 원호가 한 얘기를 되물은 것뿐이다.

원주들이 애매한 얼굴로 서로를 쳐다보았다.

"그 아이의 실력이 높은 건 사실이나, 아무리 그래도 너무 어리잖습니까."

"아니, 무공만이 문제가 아닙니다. 분파를 하려면 그에 걸맞은 학식이나 교양도 갖추어야지요."

"그렇습니다. 단순히 무위가 높고 유별나다고 해서 분파를 인정한다면 소림은 사람들의 웃음거리나 되고 말 겁니다."

"그런 식이면 이전에도 수많은 문파에서 분파를 허용했겠지요. 그러나 대부분이 분파를 꺼리는 이유가 뭐겠습니까. 일가를 이루어서 계파를 잇는다는 게 말처럼 쉽지 않기 때문입니다. 하물며 이런 어린아이가 사조라니요."

의견이 분분했다.

오랫동안 원주들의 뜻을 듣고 난 뒤 원호가 말했다.

"당장에 그리하자는 게 아닐세. 방장으로서 못 할 말이라는 건 알지만, 건이를 우리가 감당하기 버거운 데가 있어서 준비해 두자는 의도로 제안하였네."

원상이 반론을 제기했다.

"그건 그것대로 문제지요. 방장 사형의 말씀은 아이에게 장문의 소양을 키워서 내보내자는 건데, 그러면 기껏 죽 쒀서 남 주는 행동밖에 더 됩니까? 말이 계파이지 실질적으로는 아주 먼 친척뻘이니 몇 대 지나지 않아 독립 문파가 될 가능성이 농후합니다."

대다수의 원주들이 원상의 말을 듣고 고개를 끄덕였다.

원호도 수긍했다.

"자네 말도 일리가 있네. 다들 그렇게 생각하시는가? 그럼 이 안건은 없던 것으로……."

"……?"

원호가 워낙 순순하게 수긍해 버리니 원주들은 다소 당혹스러웠다.

아니나 다를까, 원호가 원주들을 둘러보며 살짝 말을 흐렸다.

"그럼 이 중에 한 명이 장건의 사부가 되어 주면 좋겠는데……."

원주들이 흠칫 놀랐다.

"예?"

"아니, 그럼 쟤를 그냥 내보낼까? 올해가 지나면 속세로 나가야 하는데. 우리 제자인지 화산의 제자인지 어디 문파의 무공을 쓰는지, 여기 있는 우리조차 모르는데 나가면 오죽할까. 분란을 일으킬 게 뻔하니까 누군가가 책임지고 정리를 해 줘야지."

"무슨 정리 말씀이십니까?"

"소림사의 제자답게 무공을 쓰게 만들든지, 무학의 이론을 가르치든지 아니면 강호에서 행동하는 법이든 뭐든 가르쳐서 내보내야지."

원주들은 자연스레 무공 교두인 원우를 쳐다볼 수밖에 없었다. 대체로 속가 제자는 교두나 교관을 사부로 삼기 때문이었다.

원우는 정색을 하고 손을 내저었다.

"나는 이미 방장 사형께 절대로 그 아이를 맡을 수 없다고 말씀드린 적이 있습니다."

원우가 여러 원주들의 아쉬워하는 눈빛에 단호하게 답했다.

"전 분파에 찬성입니다. 여러 사형과 사제들도 보지 않았습니까. 그 아이의 무공이 어디가 소림사의 것으로 보이더랍니까? 그 정도면 독립적인 영역을 개척했음을 인정해 줘도 됩니다. 계속 분란거리를 안고 가느니 분파로 내보내면, 어쨌거나 그 아이가 한 식구는 되지 못할지언정 남보다는 가까운 사이가 되는 거 아니겠습니까?"

듣고 보니 원우의 말도 그럴 듯했다.

"중요한 건 방장 사형의 말씀대로 우리가 그 아이를 끌어안고 있어 봐야 감당하지 못한다는 겁니다. 당장에 보더라도 그 아이를 가르칠 사람이 아무도 없는데 어쩝니까."

"음……."

"하기야 그 아이에게 마음의 빚을 지워서 내보낸다면 그거도 나쁘진 않겠군요."

원주들이 침음성을 내며 생각에 잠겼다.

원호가 한마디를 더했다.

"내 생각을 말하자면, 나는 개인적으로 나를 포함한 우리 소림이 건이에게 진 빚이 적지 않다고 생각하네. 건이를 지원하는 것은 내가 빚을 지우는 게 아니라 나의 빚을 갚아가는 일인 것 같네."

원주들 몇몇은 얼굴에 부끄러운 기색을 띠었다. 아무리 소림사를 위해서였다지만 어떻게든 장건을 내보내려고 적지 않은 고생을 시킨 건 사실이기 때문이었다.

원호 역시 아직도 그때의 일을 마음에 새기고 있음이 분명했다.

시간이 지나자 원주들이 하나둘씩 원호의 말에 동조하기 시작했다.

"방장 사형의 말씀이 옳습니다."

"우리가 무림 문파이면서 동시에 사찰이라는 걸 잊은 모양입니다."

"내가 과거에 한 짓을 생각하지 못하고 지금의 이해득실만 따지고 있었으니 승려로서 창피할 따름입니다."

"아이를 위해서도 우리를 위해서도 방장 사형의 제안이

낫겠습니다."

원호가 감격의 마음을 애써 감추며 회의를 종결했다.

"모두 고맙네. 강호에서 우리를 어떻게 생각하든 이번 일은 건이를 비롯한 우리 모두가 소림을 자랑스러워할 일이 될 걸세."

소림사 수뇌부의 결단으로 말미암아 강호 무림의 역사에 커다란 획이 그어지려는 순간이었다.

* * *

이튿날 늦은 저녁에 원호가 장건을 불러 논의된 일을 얘기해 주었다.

"……네에?"

장건은 전혀 생각지도 못한 얘기를 들어서인지 눈을 동그랗게 떴다.

"네가 문파를 세우도록 허락한 셈이라 보면 된다."

"제가요?"

"그래. 네가 소림사의 계파 중 하나가 되어 장문인이 되는 게다."

장건이 당황한 어조로 되물었다.

"제가 왜요?"

"네 무공을 인정했으니까 그렇지. 네 무공의 근원은 소림의 것이 맞지만, 지금에 이르러서는 누구도 너의 무공이 소림의 것이라 말하지 못할 만큼 독자적인 경지에 이르렀다고 인정한 거다. 어때. 기분이 좋지 않으냐?"

장건은 아직도 얼떨떨한 얼굴이었다. 갸웃거리면서 이해해 보려 노력하는데 그래도 이해가 안 간다는 투였다.

"인정해 주신다니 고맙고 감사하긴 한데요……."

장건은 전혀 생각지도 못한 탓에 말까지 흐렸다.

"근데 제가 문파를 세워서 뭐 하나요?"

장건이라면 당연히 그렇게 되물을 줄 알았기에 원호는 기다렸다는 듯 대답했다.

"네가 문파를 세우지 않아도, 제자를 거두어 장문인이 되지 않아도 계파를 인정받았다는 건 똑같다. 후계를 만들어서 잇지 않으면 네 계파는 일 대에서 끝날 수도 있겠지."

멍…….

장건은 얼빠진 표정으로 원호를 바라볼 뿐이었다.

"이게 얼마나 대단한 일인지 너도 나중에 알게 될 게다. 일파의 조사로 인정한다는 건 어떤 문파에서도 쉽게 할 수 없는 일이다. 그만큼 감수해야 할 것이 많으니, 나는 물론이고 다른 사백들도 큰마음을 먹고 허락한 거란다."

"네……."

이름을 갖는다는 것

원호는 장건이 어린 나이에 너무 부담스러워하는 것 같아 보듬는 말투로 첨언했다.

"걱정 마라. 어차피 당장에 그리하라는 건 아니다. 네가 충분히 성장하여 스스로 자립할 수 있을 때까지 너는 소림의 제자일 거고, 여전히 나의 사질로 남아 있을 게다. 그저 미리 미래를 준비하고 있으라는 뜻으로 알려 준 거란다. 대외적인 발표는 아주 나중이 될 테니 말이다."

약간 오글거리긴 했지만 충분히 장건의 부담감을 덜어 주는 말이 되었으리라, 원호는 생각했다.

하지만 장건은 계속해서 멍하니 원호를 보고 있다가, 겨우 입을 열어 말했다.

"저기요……."

"그래, 지금은 조금 힘들겠지. 홀로 서야 한다는 부담감이……."

"아니, 그게 아니고요."

"아니라니. 뭐가 말이냐."

"저는 비무할 때 어떻게 소개할지 그냥 그게 궁금했을 뿐이었는데요."

"그래. 비무할 때 소개를 하…… 응?"

"그냥 인사할 때 스승님과 배운 무공을 어떻게 말해야 하는지 그게 궁금해서 여쭤 본 건데요. 근데 왜 갑자기 저한테 문파를 세우고 장문인이 되라고 하시는 거예요?"

장건은 웃는 듯 우는 듯 알 수 없는 표정으로 원호를 쳐다보았다.

하기야 장건으로서도 황당할 수밖에 없었다. 사과가 얼마냐고 물어봤는데 갑자기 과수원을 세우라고 하니!

"……."

잠시 동안 원호는 말이 없었다.

한참 만에 약간 떨리는 듯한 목소리로 원호가 물었다.

"그러니까 네가 사승에 대한 고민으로 물어본 게 아니라 단순히 그게 궁금해서 물어본 거였다는 거지?"

장건이 고개를 끄덕였다.

"네."

"스승이 누군지 정말 궁금하진 않고?"

장건이 히 웃었다.

"거부하고 계시긴 하지만 제게는 노사님이 영원한 스승님이시죠. 근데 관계가 좀 이상하니까 남들에겐 어떻게 말해야 하나 여쭌 거예요."

"……."

어차피 했어야 할 일을 한 것임에도 이상하게 허무한 기분이 들었다. 분명히 언젠가는 치러야 할 일을 해결할 것인데도 기분이 개운치 않았다.

장건이 자랑스러워할 거라 생각했는데…….
이 결정에 얼마나 큰 희생이 담긴 것인데…….
정작 장건은 별 생각도 없이 물어본 거였다니…….
"방장 사백님?"
"……왜?"
장건은 원호의 표정이 무서웠지만 그래도 물어보긴 해야 했다. 장건도 어쩔 수 없이 물어볼 사람이 원호뿐인 것이다.
"저기…… 아까 여쭤 본 건 어떻게 해요?"
"네가 알아서 해라."
"진짜요?"
"그래."
장건은 더 물어보려다가 원호가 갑자기 기운이 없어 보여서 더 묻기가 힘들었다.
"알겠습니다. 감사합니다."
장건은 넙죽 합장을 하고는 부리나케 사라져 버렸다.
홀로 남은 원호는 하늘을 보면서 '후―!' 하고 길게 숨을 내뱉었다.
"홀로 번뇌에 빠진 내가 참으로 부질없이 느껴지는구나. 내가 전생에 업을 많이도 쌓았는가 보다."
원호는 주먹을 내리고 들리지 않게 조용히 진언을 읊조

렸다.

"길상존(吉祥尊)이시여, 길상존이시여. 대길상존이시여. 부디 원하옵건대 길상이 원만히 성취되게 하소서. 길상존이시여, 길상존이시여."

그것은 업을 정화하는 진언 중 하나인 천수경(千手經)의 정구업진언(淨口業眞言)이었다…….

* * *

언제나처럼 퇴근 후에 장건이 원호에게 들은 얘기를 소녀들에게 해 주었다.

소녀들은 한참이나 입을 벌리고 다물지 못했다.

"부, 부, 부, 분파!"

김이 모락모락 나던 찻잔의 차가 다 식을 때까지도 소녀들은 충격에 빠져 있었다.

"그게 그렇게 대단한 거예요?"

장건이 무덤덤하게 얘기하자 그때서야 소녀들이 정신을 차렸다.

"대단하고말고요! 천하의 소림사에서 새로운 계파를 인정한 건데요."

"이야, 정말 축하해! 소림사의 고지식한 스님들이 어떻게 이런 생각을 다 했지?"

"방장 대사님께서 말씀하신 걸 보면, 전격 지원해 주려고 마음을 먹었나 보다!"

다들 기뻐하는데 하연홍이 멍한 얼굴로 중얼거렸다.

"도저히 믿을 수가 없어."

그러자 세 소녀들이 일제히 하연홍을 쳐다보았다. 그리고 저것 보라는 듯 다시 장건에게 시선을 돌린다.

장건은 손도 대지 않고 찻주전자를 들어 차를 따르고 있었다. 찻주전자 혼자서 움직이며 쪼르륵 맑은 찻물을 흘려내고 있다. 세 소녀의 시선이 그 광경을 가리키고 있었다.

"아……!"

하연홍이 부끄러운 표정을 지었다. 장건이 소림사에서 새로운 계파로서 정식으로 인정받은 건 정말 대단한 일이지만, 장건이 하는 짓에 비하면 믿을 수 없는 정도까지는 아니었다.

가끔이 아니라 일상에서도 능공섭물을 수족처럼 이용하는 이런 인물이야말로 믿을 수 없는 존재인 것이었다.

"그러네요. 내가 말을 실수했어요."

장건은 왜 그러는지 모르겠다는 듯 소녀들을 둘러보는데, 제갈영이 눈을 반짝거리고 빛냈다.

"그럼 언제 개파대전을 열어?"

"응?"

"개파해서 강호에 이런 문파가 생겼다고 알려야지. 엄청난 사람들이 축하해 주러 몰려올 거야!"

"하지만 당장 분파하라고 하신 것도 아니고……."

"모르는 말씀. 미리미리 준비해야 해. 장원을 지을 부지도 알아봐야 하구, 전각들도 특색 있게 지어야 하구. 그러고 나면 문도(門徒)도 정식으로 받아야 하구 숙수며 허드렛일할 일꾼도……."

흠칫!

장건이 질린 표정을 지었다.

"어쩐지 되게 복잡한 거 같은데?"

제갈영이 '에헤헤' 하고 웃었다.

"걱정 마. 영이가 도와줄게. 안살림은 원래 사모(師母)가 다 하는 거야. 대신 문파 이름은 멋지게 짓자!"

사모라는 말에 세 소녀의 눈빛이 변했다.

사모!

강호에 사는 여인으로서 그 얼마나 동경 어린 말이던가!

가문이나 상인의 아내가 아니라 문파의 대모(大母), 개파조사의 사모로서 수백, 수천 명이 존경하는 마음으로 허리를 숙이는 광경은 생각만 해도 가슴이 벅찰 지경이었다.

백리연이 방긋 웃으면서 말했다.

이름을 갖는다는 것 157

"그래요. 안살림은 정말 중요하고 필요한 일이니 제갈 동생에게 맡기고, 저는 부끄럽지만 사소하고 별 도움이 안 되는 일을 맡겠어요. 제가 외부 손님들을 응대하죠."

"어?"

제갈영이 아차 싶어서 말을 돌리려 했으나 늦었다.

"아냐아냐! 영이는……!"

"호호. 스스로 힘든 일을 자처하다니, 동생은 참 마음씨가 고와요."

"어어, 그게 아니거든? 아니거드은?"

양소은이 혀를 찼다.

"쯧쯧. 개파가 무슨 애들 소꿉장난인 줄 아냐."

"이왕 하는 것, 즐겁게 하면 좋지 않은가요?"

"어? 뭐, 그렇긴 한데……."

"그럼 우리 괜히 꼬투리 잡지 않기로 해요. 좋은 일은 서로 축하하기에도 모자라잖아요."

백리연이 생글생글 웃으면서 말하는데 보통 때와는 다른 투지가 느껴졌다!

제갈영과 양소은은 긴장했다.

'알고 보니 저 여우가 감투욕이 엄청나구나!'

사실 십수 년 동안 뭇 남자들이 떠받들고 살아온 백리연으로서는 그게 자연스러운 일인지도 몰랐다.

하지만 의외로 태연한 이도 있었다. 하연홍이었다.

"사모가 되든 안살림을 하든 올해가 지나 봐야 알죠."

장건의 부친이 낸 시험을 통과해야 한다는 말이었다. 백리연과 제갈영, 양소은이 하연홍을 돌아보았다.

'쟤 뭘 믿고 그러지?'

사실 최근에 가장 잘 나가는 건 백리연의 다관이었다. 바로 옆에 확장까지 할 정도로 사업이 번창했다. 최근에 우후죽순으로 다관이 들어서서 약간 주춤했지만 그래도 상당한 매출을 올리고 있었다.

양소은의 무관도 제법 제자가 많아져 벌이가 괜찮았지만, 무관이란 한계로 말미암아 일정 매출에서 멈추어 있는 중이었다.

처음에 독보적으로 튀어나갔던 제갈영은 서가촌의 상권이 커지고 여러 상단에서 지점을 내기 시작하면서 경쟁자가 늘어나 가장 고비를 맞고 있었다.

하연홍만 그중에서 가장 별 볼 일이 없었다. 너무 맛있어서 줄서서 먹는 것도 아니고 평범한 탕면이나 몇 그릇 팔면서 가장 태연하기 그지없는 것이다.

이자나 제대로 낼 수 있을까 의심스러울 정도다. 그런데 저렇듯 태연하니, 수상쩍기까지 했다.

양소은이 눈을 가늘게 뜨고 물었다.

"요즘 장사가 잘되나 봐?"

"그냥 그래요."

하연홍이 어깨를 으쓱하면서 딴청을 피웠다. 세 소녀들이 의심의 눈초리를 거두지 않았지만 딱히 추궁할 근거도 없는지라 그저 심증만 가질 뿐이었다.

슬슬 한기가 도는 분위기가 되자 장건이 재빨리 말했다.

"생각해 주는 건 고맙지만, 전 문파 만들고 그런 거 하고 싶지 않아요. 가업을 이을 거예요."

소녀들이 일시에 장건을 향해 외쳤다.

"안 돼!"

소녀들의 서슬 퍼런 기세에 장건도 깜짝 놀랐다.

"아하하하……."

"무슨 소리 하는 거예요? 문파랑 가업을 같이 이으면 되지."

"정 안 되면 상단 운영은 다른 사람에게 맡겨도 되잖아."

"빨리 애를 낳아서 가업을 잇게 하고 장 소협은 문파를 세우면 되는 거 아냐?"

"맞아맞아."

소녀들은 갑자기 한목소리가 되었다.

"하하하……."

장건은 뒷머리를 긁고 있다가 자신의 생각을 확실하게

피력했다.

"미안해요. 난 그런 거 할 자신이 없어요. 이것도 그냥 비무할 때 어떻게 말해야 할지 궁금해서 묻다가 생긴 일이에요. 스승님이 누구고 무공은 무엇인지 어떻게 소개해야 하는지 그걸 물으러 갔었거든요."

제갈영이 물었다.

"원호 대사님이 거기에 대해서 다른 말은 안 하셨어?"

"그냥 나더러 알아서 하라고 하셨어."

백리연이 갑자기 손뼉을 쳤다.

"아하! 장 소협은 대외적으로 발표만 하지 않았을 뿐이지 분파를 인정받았잖아요. 그건 장 소협이 일파의 조사로서 독자적인 무공을 창안한 것과 다름없으니까 원호 대사님께서 말씀해 주실 수가 없던 거예요."

양소은이 '호오' 하고 휘파람을 불듯이 입술을 모으고 감탄했다.

"그렇구나! 장 소협은 무공을 창안한 거야. 와…… 내가 지금 대종사(大宗師)를 눈앞에 두고 있는 거네?"

제갈영이 장건에게 물었다.

"오라버니는 무공명을 생각해 둔 거라도 있어?"

"아니. 난 무공명을 어떻게 지어야 하는지도 몰라."

제갈영의 목소리가 한층 들떴다.

"우와! 그러면 오라버니가 창안한 무공에 '우리' 마음대로 이름을 붙여도 되는 거야?"

"우리……?"

듣고 있던 하연홍이 약간 멍하게 말을 되뇌었다. 강호를 동경하며 선대의 고수들에 대해 외고 있던 하연홍이다. 강호사에 영원히 남을 무공의 명명식(命名式)에 가슴이 뛸 수밖에 없었다.

하연홍이 두 손을 맞잡고는 홀린 듯이 중얼거렸다.

"내가 명명한 무공명을 수천, 수만 명이 시대를 뛰어 넘어서 말하게 되는 걸까……?"

백리연도 비슷한 표정과 동작으로 혼잣말을 한다.

"아……! 그래요. 문하 제자들이 모두 우리가 명명한 무공명을 외며 수련하게 될 거예요."

장건이 '아니, 저기요. 그건 뭔가 이상한데요?'라고 말했지만 소녀들은 들은 척도 하지 않았다.

장건은 분명히 자기 입장을 말한 것 같은데 이상하게도 소녀들에게는 그 의미가 제대로 전달되지 않은 것처럼 보였다!

'뭐지? 어쩐지 무서워.'

장건이 섬뜩한 생각이 들어 그러고 있는데 양소은이 벌떡 일어섰다.

"나가자!"

"네?"

"봐야 이름을 짓지."

"네에?"

전혀 장건이 생각하던 방향이 아니었다!

"하지만……."

"나가서 뭘 해야 할지 알려 줄게!"

소녀들이 주먹을 불끈 쥐고는 함께 일어섰다.

"나가요!"

장건은 태극경으로 흘리거나 맞서서 항거할 수 없는 거대한 힘……에 이끌려 다관 밖으로 밀려나고 말았다.

무공명에 대해 함께 고민하고 도움 받는 건 좋은데 아무래도 약간 생각과는 다른 듯한 기분을 떨칠 수가 없었다.

그렇다고 해서 심하게 기분 나쁘다거나 부담스럽거나 하진 않았다.

오히려 장건에겐 신기하달까?

소녀들이 즐거워하는 걸 보니 문득 장건은 장문인을 해도 될 것 같다는 생각이 들었던 것이다.

장건과 소녀들은 다관의 뒷마당으로 나왔다.

어느새 해가 져서 어둑했지만 다관에서 비쳐오는 불빛에

아주 캄캄하진 않았다.

소녀들은 장건의 무공 명명식에 적극 동참하고 있었다. 거기에는 소녀적인 호기심이 작용한 탓도 없지 않았다. 하지만 솔직히 젯밥에 더 관심이 많다는 게 사실이었다.

일단 양소은이 창을 들고 섰다. 장건이 이론에 있어서는 거의 문외한에 가까우니 아예 처음부터 설명했다.

"무공에는 여러 가지가 있는데 내공심법, 무기술, 신법, 보법 정도로 나눌 수 있어. 내공이야 소림사에서 배운 것일 테고 그게 아니래도 나한테 보여 줄 수 없는 거니까, 우선은 간단하게 무기 권각술부터 시작해 보자고."

양소은이 가지런히 다리를 모으고 창을 옆구리에 붙였다. 반대 방향을 바라보며 창을 쭉 치켜들었다가 중단으로 놓는다.

"이건 본가의 창법으로 양가수련창법 육십사식의 첫 기수식이야. 육십네 개의 초식으로 이루어져 있지."

양소은이 '일초!'을 외치며 발을 엇갈리게 해 몸을 기울이더니 다시 발을 내디뎌 창으로 하단을 쿡쿡 찌르는 동작을 했다. 연이어 기마보의 자세에서 옆으로 허리를 틀어 궁보를 만들면서 창을 쭉 밀었다. 그러곤 창끝을 빙글 돌려 자그마한 원을 그리면서 옆으로 튼 기마보의 자세로 되돌아와, 창을 배꼽 아래에서부터 지면과 평행이 되도록 두었다.

"여기까지가 한 초식이야. 삽보중평란나찰창이라고 불러. 기초 수련창법이라 명칭이 좀 듣기에 그렇지만 어쨌든 대부분의 수련식 명칭은 그래."

장건이 알아듣겠다는 투로 말했다.

"초식 하나에 여러 동작이 있네요."

"응. 그래서 여러 초식이 모이면 법식이 되고."

장건도 보아 온 게 있어서 대충은 알고 있었으나 정확하게 구분하진 못했다.

"초와 법을 다 이름을 만들어야 해요?"

"그건 아니고, 예를 들어서……."

양소은이 왼발을 엇갈리게 앞으로 당겼다가 뒤로 교차하여 빼면서 자세를 고정시켰다.

"이 동작은 삽보(挿步)."

이번엔 창을 거꾸로 세워서 창으로 지면을 찍으면서 원을 그렸다.

"이 동작은 난(攔)."

기마 자세에서 오른손을 뒤로 빼 창을 짧게 잡고는 왼손을 흔들어 창끝을 돌렸다.

"이건 나(拿)."

양소은은 창을 다시 회수하고는 말을 계속했다.

"이런 하나하나의 동작을 절(節)이라 하고 이 절들이 모여 삽보중평란나찰이란 초식(招式)이 돼. 그래서 이건 삽보중평란나찰창 일식인 거지. 그리고 이런 초식이 육십네 개가 모여 양가수련창법이란 하나의 창법이 되는 거야."

양소은은 최근에 서생들을 대상으로 무술을 가르치고 있었기 때문에 마치 준비한 것처럼 쉽게 설명을 했다.

"사실 절 이전에는 촌(寸)이 있어. 삽보에서 왼발을 앞으로 당기는 것이 하나의 촌, 다시 뒤로 미는 것이 이 촌, 몸을 틀어 삼 촌, 기마보에서 멈추는 것이 사 촌이야. 삽보는 네 개의 촌으로 구성된 동작이지만 뭐, 촌은 대체로 수련 때 정확한 동작을 잡기 위해 연습할 때 빼고는 거의 구분하지 않아."

"그럼 촌, 절, 초, 법이라고 구분하면 되네요."

"일반적으로 촌과 절은 빼고 초식부터 명칭을 정하면 돼. 근데 초식이라고 굳이 아까처럼 촌절명을 붙여 만들 필요는 없고."

양소은이 다시 창술을 펼쳤다.

창을 좌우로 빙글빙글 회전시키기도 하고 창을 휘두르다가 끝에서 가볍게 털 듯 돌리면서 여섯 절 이상의 초식을 해 보였다. 창날이 일으킨 바람이 휙휙 파공음을 내며 사방으로 퍼져 나갔다.

미려함을 넘어서서 현란하기까지 한 동작이었는데 후기지수 중에서 손꼽는 실력답게 짧은 초식을 펼쳤지만 전혀 흐트러짐이 없었다.

"이건 양가수련창법 열두 번째 초식 무화창(舞花槍)이야. 내공을 실어 운용하면 파공의 기세에 꽃잎이 날린다고 해서 그런 이름이 붙었어. 굳이 덧붙이자면 초식은 하나의 완전한 의미를 가진 동작으로 구분되니까, 그에 어울리는 초식명을 붙이면 되겠지."

"음……."

장건은 양소은의 말에 비추어 자신의 동작을 생각해 보았다. 이제껏 초식에서의 구분을 굳이 고려해 본 적이 없어서 애매했다.

장건이 고심하는 듯하자 하연홍이 슬쩍 끼어들어서 말했다.

"전에 어디서 봤는데, 천문서원의 개파조사께서 필법(筆法)을 통해 무학을 깨달으시며 이렇게 말씀하셨대."

　무술의 기초가 되는 촌(寸)은 필법에서 올바른 자세의 획(劃)이 되고, 최소의 의미를 담은 부수(部首)와 독립된 뜻을 품은 자(字)는 절(節)이 된다. 글자들이 모여 일정한 형식을 갖추면 구(句)가 되고 무학에서는 초(招)가 된다.

　하여…… 결국은 이 하나하나가 모여 온전한 작(作)이 되고 법(法)이 되느니라.

장건이 딱히 서예에 조예가 있는 건 아니지만 확실히 이해하기는 더 편했다.

"그러니까 촌은 최소한의 동작이구나."

"그렇게 보면 되겠지. 찌르기의 절식(節式)을 행하기 위해서 손을 뻗고 손목을 틀고 어깨를 움직이고 하는 게 각각의 촌식(寸式)이 돼."

하연홍이 격려했다.

"그러니까 너무 구별하는 데에 연연하지 말고 보여 주면 우리가 알아서 도와줄 수 있을 거야."

장건이 고개를 끄덕였다.

"알겠어요. 일단 제가 할 수 있는 것부터 해 볼게요."

양소은이 자리를 비켜 주었다.

기분 탓인지 네 소녀들은 장건이 가볍게 심호흡을 하는 걸 느낄 수 있었다.

네 소녀들의 기대를 안고, 장건이 기수식의 자세를 갖춰 갔다.

"그럼 평상시에 하는 금강권부터 시작할게요."

장건은 심호흡을 했다.

남들에게 보여 주기 위한 금강권이 아니라 자기가 오롯이 편하게 할 수 있는 금강권을 하면 되었다. 말 그대로 평소에 하는 금강권을 보여 주려는 것이었다.

기수식은 온갖 무학의 정점이 담긴 정수였다. 장건 스스로도 그것을 알아서 기수식을 더 중히 여기게 되었다.

그러나 자기 방식으로 하자면 이미 그 기수식의 묘리마저도 거의 안으로 갈무리할 수 있었다. 굳이 기수식을 다 펼칠 필요도 없었다. 반은 잘라먹어도 충분했다.

최근엔 그나마 반쯤 잘라먹은 기수식의 동작에서 다시 구 할을 없앴다. 장건이 기수식을 하면서 금강권의 경력을 일으키면, 남이 보기엔 몸을 한차례 떨면서 '움찔' 하는 것으로 보인다.

'나만의 금강권.'

장건은 최선을 다했다.

스윽.

장건이 주먹을 살짝 내밀고 엉거주춤 몸을 낮추는가 싶더니.

푸학!

정면도 아니고 비스듬한 옆쪽으로 거의 이 장이나 떨어져 있던 네 소녀들의 머리칼이 휙 하니 날렸다.

이름을 갖는다는 것

그리고 장건은 어느샌가 나무토막처럼 뻣뻣하게 선 원래의 자세로 돌아와 있었다.

장건이 소녀들을 보며 뿌듯한 표정으로 말했다.

"하나 끝났어요."

* * *

같은 밤, 굉운은 바람을 쐬러 조사전 앞을 나왔다가 문원을 보았다.

문원은 마치 기다리고 있던 것처럼 비를 들고 있다가 굉운에게 물었다.

"거동할 만한가 보아?"

"많이 나아졌습니다."

"그래."

굉운이 지그시 문원을 바라보았다.

"건이 일 때문에 오셨습니까?"

"아냐아냐, 꼭 그런 건 아니고."

하지만 장건 때문에 왔다는 건 뻔히 알고 있었다.

"걱정되시면 직접 건이에게 가 보시지요."

"아직 애가 안 돌아왔걸랑."

문원은 딴청을 피우다가 스스로도 답답했는지 '에이' 하고 그냥 용건을 꺼냈다.

"분파시키기로 한 거, 원주회의를 통과했다며."

"예. 그렇다고 들었습니다."

"그거 정말 잘하는 걸까?"

굉운이 조용히 답했다.

"잘하는 일인지는 모르겠습니다. 다만 제 짧은 생각에는 지금 그 방법이 가장 최선인 것 같습니다."

"누구에게?"

"건이와 우리, 모두에게 말입니다."

"정말 그럴까?"

"아이를 그냥 물가에 내놓지는 않을 겝니다. 충분히 물질을 가르친 후에 내놓아야겠지요."

"그 얘기가 아냐."

굉운이 살짝 의문을 가졌다.

"달리 우려되시는 점이 있으십니까?"

"응."

"세이경청하겠습니다."

"뭐, 경청이랄 것까지는 없고……."

문원이 험험 하고 헛기침을 하더니 말했다.

"분파하는 것 자체는 나도 나쁘다고 보질 않아. 그놈은 어따 데려다 놔도 소림사의 제자라고 할 수도 없으니까. 근데 분파를 한 뒤가 문제야."

"지난번에 말씀하신 대로 건이와 비슷한 이들이 늘어날까 염려되시는 겁니까?"

"그건 그냥 그런 꼴이 보기 싫은 거고. 정확히 말하자면 그렇게 될 때까지의 과정이 문제라 말하고 싶달까? 계파를 일궈서 건이가 누군가에게 무공을 가르칠 때 말야."

"예."

"누군가에게 독문 무공을 가르치려면 스스로를 알아야 해. 하물며 하나부터 열까지 처음 시작하는 경우잖아. 저어기 쓸데없이 관부에 가서 무공 몇 가지 가르치는 거하고는 다르다구. 건이는 이제 자기가 가진 것이 무엇인지 하나부터 열까지 모두 되돌아보게 될 거야."

굉운이 정중히 의견을 말했다.

"자신에 대해 알아간다는 건 좋은 일이 아니겠습니까?"

"좋은 일이지. 근데 생각해 봐. 건이가 새롭게 창안했다고 생각하는 무공, 소림사의 무공이 아닌 다른 방향으로 대성한 그 무공이 뭐야?"

"그야……."

굉운도 잠시 고민했다. 처음엔 분명히 문각의 백보신권이었는데 요즘 들어서는 그조차 아닌 것 같다 들은 탓이었다. 확실히 뭐라고 부를 명칭이 없었다.

"글쎄요. 그건 이제부터 건이가 만들어 가야 할 부분이 아닐까요."

"응, 나는 그게 문제라는 거야. 하다못해 이름을 붙이는 작은 일조차 아이에게는 해가 될 거야."

굉운은 그제야 문원이 하고자 하는 말을 알 것 같았다.

"스스로 무학의 체계를 갖추기 시작하면 그것이 오히려 건이의 발전을 저해하게 될 거란 말씀이시군요."

"말[言]과 글[語]은 사람이 가진 모든 걸 표현할 수 없으이. 사람의 사고(思考)는 온 우주를 넘나들도록 무한한데 말과 글은 유한해. 한정된 말과 글로 사고하고 표현하는 순간, 무한했던 영역은 말과 글이라는 작은 틀 안에 갇히게 되고 말아."

문원의 말을 듣던 굉운이 잠시 생각한 후 대답했다.

"제 생각을 말씀드리자면, 사숙조의 우려는 기우일지도 모릅니다. 물론 대부분의 사람은 말로써 생각하고, 글로써 표현합니다. 그러나 그것만으로 만족할 수 없기에 그림을 그리고, 조각을 하고, 도자기를 빚고, 노래를 하며 춤을 춥니다. 자신이 표현하고자 하나 언어로는 불가능한 것들을 다른 방법으로 나타내는 것이지요."

"그조차도 우리가 걸어가는 광활한 평야에선 일부의 길에 불과해."

"대신 불분명한 길을 명확하게 밝혀 길을 잃지 않게 해 주지요."

"반면에 길을 걷는 수행자가 정해진 길 밖으로 벗어날 수 없게 만들지."

"진리를 탐구하는 수행자라면 그가 가는 곳이 어떤 길이든 이미 진리의 길일 테지요."

"끙!"

"언어로든 그림으로든 지칭하는 것을 두려워해서는 안 됩니다. 예를 들어, 세상 만물은 이름을 가짐으로써 다른 존재와 구별됩니다. 허공을 떠도는 작은 날벌레에게 하루살이라는 이름이 없었다면, 그것은 그저 귀찮은 날벌레에 불과했을 것입니다. 사람들이 하루살이를 일컬어 단순히 날벌레라고 불렀다면, 하루살이는 결코 다른 날벌레와 구별되지 못하였을 것입니다."

문원이 지지 않겠다는 듯 반론을 제기했다.

"구별은 곧 한계를 의미하네. 지칭하고 구분 짓는 순간부터 너와 내가 다름을 인식하기 시작해. 우리가 물아일체를 통해 대자연과 합일하는 길을, 나아가 우주합일로 나아가는 길을 방해할 뿐일세."

굉운이 슬쩍 미소를 지었다.

"분명히 그 말씀이 옳지요. 번뇌를 벗어나 해탈에 이르려면 반드시 그리할 수밖에 없지요."

"응?"

"하지만 건이는 우리와 함께 살아갈 아이가 아닙니다. 속세에서 많은 사람들과 부대끼며 살아야지요. 건이는 사회에서, 현실에서 살아가야 합니다. 자신의 생각을 다른 사람과 소통하는 방식을 배워야 합니다. 이후에 살아가면서 깨달음을 추구해도 늦지 않습니다. 현실과 진리가 함께 있는 것, 그것이 본사의 방식 아니겠습니까."

"끄응……."

문원은 나이에 걸맞지 않게 입을 삐죽 내밀었다.

소림사는 대승(大乘)을 추구하고 중도(中道)에 따르기 때문에 진리의 탐구가 사찰에만 있는 것이 아니라 현실에서도 있다고 보았다. 그러니 굉운의 말도 틀리지 않은 셈이었다.

문원이 쩝 하고 입맛을 다시자 굉운이 물었다.

"속세에서 살아가는 보통 사람은 보편적인 말과 글을 통해 보편적으로 사유하고 보편적으로 공감하기에 어울릴 수 있습니다. 지금처럼 건이가 강호에서도, 세간에서도 어울리지 못하는 모습으로 살아가길 원하십니까?"

"하는 말이 홍오랑 하나도 다를 게 없구만, 뭐! 땡중이나마 스님 짓을 오래 해 먹었다고 나 같은 불목하니는 말 상대가 안 된다는 거야, 뭐야?"

 문원이 투덜거리자 굉운은 잠시 홍오를 회상했다.

 "어쩌면…… 사숙께서는 진정한 중도를 알고 추구하신 건지도 모르겠다는 생각이 듭니다. 우리가 너무 사숙을 이해하지 못한 게 아닌가……."

 그러자 문원이 소리를 빽 질렀다.

 "홍오는 도를 넘었지! 보편적 사유를 해야 한다며? 홍오가 한 행동 어디가 보편적일 수 있어? 다들 질려 버렸잖아. 그건 중도가 아냐."

 문원이 말하고 보니 장건의 행동도 그러하다. 남들이 특이하고 이상하게 생각하니 그게 가끔은 민폐가 되기도 하고 분란이 되기도 한다.

 "어…… 음. 건이도 뭐…… 음."

 "사람들은 특정 지어지지 않은 현상이나 사물을 싫어합니다. 알 수 없는 미지의 것에 대한 본질적인 두려움이 미신을 만들고, 잡귀를 숭배하게 만들지요. 지금은 아무도 건이의 무공을 이해하지 못하고 있어 경외시하고 있지만, 건이가 자신의 무학을 보편적인 사유를 통해 가다듬고 사람들에게 말해 준다면…… 비록 스스로의 무공은 퇴보할지도 모르겠으나 그만큼 다른 사람들과는 잘 어울리면서 적응해 나갈 수 있을 것입니다."

장건을 위해서 어느 쪽이 나은가, 문원은 잠깐 동안 생각했다.

"뭐, 전 방장의 말이 맞아. 기이한 무공, 이름도 없는 무공을 마구 쓰다 보면 어디 가서 사마외도의 무공이란 소리를 들어도 할 말이 없겠지."

문원이 고개를 끄덕였다.

강호를 움직이는 가장 큰 힘은 무력이다. 하지만 무력의 이면에는 욕망이 있다. 욕망이 무력을 움직이는 동력으로서 작용했을 때, 통념을 따르지 못한 이방인이 배척되는 것은 당연한 수순이다.

오황의 경우에도 자신의 무공에 풍연경이란 하나의 이름이나마 붙인 건 최소한의 통념을 따른 것이다. 절대자로서 자유로운 오황조차 아무런 이름을 붙이지 않고 완전한 이방인으로 살아갈 순 없었다.

그런 면에서 장건이 스스로의 무공을 체계화하는 건 주류에 편입하는 첫 시험이자 관문일지도 몰랐다.

"그래…… 알았어. 그냥 갈 때가 돼서 그런지 노파심에 찾아와 본 거야. 너무 신경 쓰지 마."

문원은 시무룩해져서 발길을 돌리려다가, 다시 휙 하니 굉운을 째려보고는 말했다.

"근데 지금 우리가 내린 결정은, 어쩌면 누구도 가 보지 못한 전대미문의 경지에 올라설 수 있던 아이의 미래를 빼앗은 건지도 몰라. 그건 알아 둬. 전부 우리의 책임이란 거."

"명심하겠습니다."

굉운이 나지막하게 읊조렸다.

"나무아미타불."

불호 소리에 문원이 합장을 했다. 굉운이 마주 반장하고 고개를 들었을 때 이미 문원의 모습은 보이지 않았다.

* * *

네 소녀들은 그야말로 아차 싶었다.

부푼 꿈에 들떠 있다가 잠시 잊고 있던 걸 깨달았다.

맞다! 장 소협의 무공은 원래 저랬더랬지!

공명에 눈이 멀어서 뻔히 알고 있던 사실을 인식하지 못했었다.

기의 가닥인지 나발인지를 한다고 장건이 아예 동작을 안 하기 시작한 지 좀 되었다. 그나마 기수식을 한답시고 움찔거리는 건 좀 나아진 거였다.

실제로는 아예 움직이지 않고도 거의 암경 수준으로 권풍을 뽑아냈는데, 그걸 달리 부를 말이 없어 능공섭물로 불렀던 것이다. 평상시에 하는 능공섭물과 별로 다르지 않았기 때문이기도 하고.

침묵의 분위기가 휭 하니 장내를 휩쓸었다.

양소은이 혼잣말을 하듯 물었다.

"그러니까 이게…… 금강권이라고…… 근데 나도 전에 금강권을 견식한 적이 있거든. 이걸 금강권이라고 할 순 없지 않아?"

약간 멍한 상태인 건 마찬가지인 백리연이 말했다.

"그래서 장 소협이 분파를 허락받아…… 우리가…… 여기 있는 거죠."

"아, 참. 그랬지."

금강권에서 시작했지만 금강권이 아니라 다른 무공이 되어 버려서 소림사에서조차 두 손을 놓았다. 덕분에 소녀들이 그 이름 정하겠다고 여기 있는 것이다…….

네 소녀는 새삼 사태의 심각함을 깨닫고 있었다.

저 상태라면 장건이 금강권을 하든 무슨 권장법을 하든 겉으로는 별 차이가 없을 터였다.

다행스럽게도 장건은 그 상태로 여러 가지 무공을 하진 않았다. 원래부터 투로도 초식도 없이 여러 무공의 장점만을 합쳐 효율적인 방식만 사용하고 있는 장건이었다. 나머지는 그 방식의 응용이고 연장선이다.

　장건이 빤히 소녀들을 쳐다보면서 '빨리 이름을 내놓아라'라는 독촉의 눈빛을 보냈다.

　"어때요?"

　양소은이 한숨을 푹 내쉬고는 솔직하게 대답했다.

　"겉으로 봐서는 아무것도 모르겠어. 무공명은 동작뿐 아니라 의미가 깃든 것들도 많아. 동작이 없으니 동작으로 무공명을 지을 순 없을 거 같고…… 지금 보여 준 금강권을 하면서 생각하는 점이라든가 의미 같은 게 있어?"

　"홍오 대사님이 보여 주신 금강권을 생각하면서 했어요. 가능한 많이 움직이지 않고 그 특징을 따라하려고요."

　"음……."

　하지만 겉으로는 전혀 그 특징이 드러나지 않는다는 게 문제였다.

　"그 특징이 뭔데?"

　"일기가성으로 소리를 지르는 것, 진각을 밟는 것, 주먹을 세게 치는 방법 등이에요."

　네 소녀들의 얼굴은 저절로 찡그려졌다. 장건에 대해서는 많이 안다고 생각했는데 알수록 머리가 아파오는 것 같았다.

갑자기 하연홍이 소리쳤다.

"어떻게 하면 그걸 따라했는데 하나도 드러나지가 않어!"

하연홍은 소리쳐 놓고 혼자 깜짝 놀랐다.

"어머? 미안해. 속으로 생각한다는 게 그만."

나머지 소녀들은 속이 다 시원했다. 속으로는 똑같이 생각하고 있었는데 차마 입 밖으로 내지 못하고 있었던 얘기였다.

사실 말이 안 돼도 너무 안 됐다.

일기가성은 금강권뿐 아니라 소림사의 무술 전체에서 보이는 특징으로, 소리를 지르는 기합법이다.

'아무리 효율적으로 일기가성을 고쳤대도 그렇지, 기합을 어떻게 고치면 찍소리도 안 내고 할 수 있는 거냐고!'

한데 전혀 기대하지 않았음에도 장건이 하연홍의 질문에 답을 해 주었다.

"속으로 해요."

"응?"

네 소녀들의 귀가 쫑긋했다. 전에도 들었던 말인데 와 닿는 느낌이 달랐다.

"그러니까…… 최소의 움직임이 촌이니까 촌식으로 따지면 방금 한 금강권은 이백칠십구 촌식이네요."

장건이 환한 표정으로 웃었다.
하지만 소녀들은 혼란에 빠졌다.

제5장

어쩌면 일보신권의 시작

"뭐?"

"뭐라고?"

"이백칠십구 촌식이야."

"……."

촌식을 이해하지 못한 건가, 아니면 잘못 들은 걸까?

백리연이 마음을 가다듬으며 물었다.

"촌식이라는 건 그야말로 최소의 동작이에요. 우리가 보기에 장 소협은…… 무(無) 촌식인 것 같아요."

아예 움직이지도 않는 걸 어떻게 촌식이라 부를 수 있으며, 무슨 수백 촌식이 된단 말인가!

"아니, 잠깐."

양소은이 끼어들었다.

"아무리 오해했어도 그렇지, 그러니까 우리 눈에는 아무것도 안 보였는데 여튼 이백칠십구 번을 뭔가 했다는 거 아냐."

그게 더 소름 끼치는 얘기였다!

장건이 뒷머리를 긁으며 머쓱하게 대답했다.

"말했잖아요. 속으로 한다고."

네 소녀들의 머리에 문득 떠오른 게 있었다. 장건이 충무원으로 교육하러 가게 되었다고 했을 때, 장건이 말했었다.

"발바닥 근육 열세 개를 쓰고 그 위로 관절과 뼈 사십 개가 움직이는 걸 설명해야 하는데요. 저는 맨날 하는 거니까 알겠는데. 가르친다는 건 정말 어렵네요."

이제야 확연히 이해가 된다.

'그게 그 얘기였어?'

장건이 촌식을 오해한 건 아니다. 장건은 촌식을 몸 내부로 갈무리해서 이용한다. 그러니까 팔 한 번 움직이는 일 촌식을 장건은 팔 안의 근육 한 번 움직이는 걸로 대체하니 그게 장건의 일 촌식이다.

즉, 장건이 움찔하는 저 동작을 하는 동안 몸 안의 근육과 관절들이 이백 번을 넘게 움직였다는 뜻이다.

'미쳤어.'

'그게 돼?'

그렇게 생각해 보면 장건의 딱딱한 동작들도 얼추 설명이 되긴 한다. 그게 도를 넘어도 지나칠 정도로 심하게 넘어서 이해가 안 되는 것뿐이다.

장건이 지금 한 건 '평상시에 쓰는' 금강권이었다. 평소에 장건은 아예 몸을 움직이지 않고도 기의 가닥을 뽑아낼 수 있다. 하지만 기수식을 거쳐 금강권의 경력을 한층 강화시키려면 아주 조금 움직여야 한다. 방금도 그렇게 몸 안에서 금강권의 경력을 일으킨 후, 기의 가닥에 실어서 내보냈다.

소녀들의 눈에는 전혀 보이지 않았지만 허공에서 기의 가닥이 몇 개나 꼬여서 발출되었던 것이다.

바람이 불어오고 기의 파동이 느껴졌기 때문에 소녀들도 장건이 기의 가닥을 운용했다는 걸 알 수 있었으나, 어쨌든 보이지 않았기는 마찬가지.

때문에 소녀들은 금세 절망에 빠졌다.

'이래서야 제자를 받아도 소용이 없잖아!'

문주가 되면 뭐하나. 장건만 할 수 있는 거면 소용이 없는데.

그런데 생각해 보니 지난번에도 똑같은 상황에서 좌절했던 게 떠올라서 더 절망스러웠다.

'바보도 아니고.'

'뭘 기대했던 거지?'

갑자기 제갈영이 소리를 질렀다.

"아앗!"

"깜짝이야."

"왜 그래?"

제갈영이 흥분한 투로 목소리가 높아져서는 장건에게 말했다.

"검결지를 쥐고 내밀어 봐!"

"이렇게?"

장건이 제갈영을 따라서 검지와 중지를 펴고 손을 앞으로 뻗었다.

제갈영이 돌멩이 하나를 주워서는 장건을 향해 힘껏 던졌다.

휙!

돌멩이가 허공을 가로질러 빠르게 날아갔다. 크진 않으나 내공이 담겨 있어서 맞으면 머리가 깨질 터였다.

"방금 그거!"

제갈영이 외치자 장건은 얼결에 좀 전에 보여주었던 금강권을 했다.

장건이 움찔, 하는 순간 금강권의 경력을 담은 기의 가닥이 튀어나와 돌멩이를 쳐냈다.

빡!

장건은 검결지를 쥐어 앞으로 내민 채 전혀 움직이지도 않았는데 허공을 날아가던 돌멩이가 혼자서 되튕겨져 나갔다.

데구르르르, 돌멩이가 마당 한편을 굴렀다.

처음 보는 사람에겐 신기할지 모르나 여기 있는 이들에게는 익숙한 장면이었다. 장건은 손도 한 번 휘두르지 않고 수백 명의 관군을 쓰러뜨린 적도 있었다. 별로 대단한 일이 아니었다.

양소은이 '이게 뭐?' 하고 물었다. 다른 소녀들도 뻔히 아는 장면인지라 왜 제갈영이 이런 걸 시켰는지 의아한 얼굴을 했다.

"이것은……."

"이거, 뭐?"

제갈영은 한참을 뜸들이더니, 거만하게 팔짱을 끼우고는 득의양양한 표정으로 말했다.

"공명권!"

세 소녀들이 어이가 없는 얼굴로 제갈영을 쳐다보았다.

"……."

"……."

제갈영의 눈망울이 반짝반짝 빛났다.

"역시 영이는 천재야. 부창부수(夫唱婦隨)! 오라버니랑 영이는 너무 잘 어울리는 것 같아. 헤헤, 공명권. 멋있지?"

"하하……."

장건도 검결지를 내민 채 어색하게 웃으며 제갈영을 보고 있었다.

양소은이 기가 막혀서 물었다.

"야…… 손가락만 들면 다 공명권이고 그러냐?"

"왜? 안 든 것보단 낫잖아."

"거 참."

양소은을 비롯한 백리연과 하연홍은 묘한 기분이 들었다.

제갈영의 말대로였다. 손가락만 들었을 뿐인데 어쩐지 달라졌다고나 할까?

솔직히 그동안 손가락 하나 까딱 안하고 능공섭물을 하는 모습은 괴기하게만 보였다. 고수가 아니라 사마외도의 기사(奇事)를 보는 느낌이었다.

그런데 달랑 손가락을 들어 검결지를 취하고 있을 뿐인 지금은, 어쩐지 굉장한 고수가 최상승의 무공을 멋들어지게 펼치고 있는 것 같았다. 마치 지풍을 쏘는 것 같기도 하고.

신기한 생각에 소녀들은 장건을 한참 쳐다보고 있었다.

시선을 받은 장건이 어색한 표정을 지었다.

그때 뭔가 생각났는지 백리연이 끼어들었다.

"잠깐만요. 그 상태에서 주먹을 쥐어 보실래요?"

"안 돼! 공명권은 내가 한 거야! 하지 마아."

제갈영이 떼를 썼다.

"동생, 그래도 명색이 권인데 주먹은 쥐어야 하지 않겠어?"

"치이."

제갈영이 뾰루퉁하게 볼을 부풀렸다.

장건은 그 모습을 보며 귀엽다는 생각이 들어 웃었다가 곧 주먹을 쥐었다.

가만히 선 채 오른 주먹만 앞으로 내민 자세가 되었다.

"어?"

다른 세 소녀들이 동시에 떠올린 의문이었다.

저 모습을 보니 분명히 생각나는 게 있었다.

"미안해요. 한 번 더 해 봐요."

백리연도 화단에서 돌멩이를 주워 장건에게 던졌다.

휘익!

내공을 살짝 담아 던졌기 때문에 이번에도 돌멩이는 굉장히 빠른 속도로 장건을 향해 날아갔다.

장건이 주먹을 내민 자세 그대로 움직이지 않고 움찔 하고 몸을 한 차례 떨었다. 제대로 된 자세에서 최대의 위력을 발휘하긴 하지만, 어차피 장건은 어떤 자세에서도 기의 가닥을 쓸 수 있기 때문에 몸동작을 어떻게 하든 큰 무리가 없었다.

그 순간 돌멩이가 무언가에 부딪친 듯 딱! 소리를 내며 튕겨졌다.

"앗!"

네 소녀가 동시에 터뜨린 감탄사였다.

그 모습.

그건 바로.

"백보신권!"

이었다.

소녀들은 전율이 일었다. 서로를 쳐다보며 어쩔 줄 몰랐다.

"맞아, 백보신권이야."

"괜히 백보신권의 전승자라고 한 게 아니구나."

"그 안에 담긴 오의가 백보신권이었다니."

"하아…… 뻔한 걸 멀리 돌아온 걸까?"

장건이 멀뚱히 소녀들을 쳐다보고 말했다.

"백보신권에서 배운 걸 쓰긴 하지만 백보신권하고는 달라요. 백보신권은 주먹에서 기를 방출하는 거고, 나는 그냥 기의 가닥을 손처럼 움직여 쓰는 거예요."

장건의 입장에서 기를 발출한다는 건, 몸 밖으로 내보내 없앤다는 건 끔찍한 일이었다.

당연히 소녀들도 장건이라면 충분히 그럴 거라는 건 짐작했다.

"하지만 사람들은 백보신권이라고 생각할 거야."

"누가 봐도 백보신권이야."

"게다가 소림사에서 문각 선사님의 진전을 이었다고 했으니까 더더욱 그렇게 보일 거예요."

그때 하연홍이 이의를 제기했다.

"근데 건이는 이제 소림사와 별도의 무공 계파를 잇게 되었는데 여전히 백보신권이라고 하면 이상하지 않을까?"

양소은이 눈썹을 띄워 올렸다.

"어, 그러네?"

"그러면 무공명은 해결될지 몰라도 남들은 소림사의 정식 무공을 이었는데 왜 분파시키냐고 할 걸요? 뭐가 다른 무공이냐 하면서요. 소림사내에서도 말이 많을 거고요."

"흠. 그럼 백보신권이라고 하긴 좀 그러네."

양소은이 턱에 손을 올리고 생각하다가 말했다.

"실제로는 백보가 아니라 십보 정도 될 거 같은데, 십보신권(十步神拳)은 어때?"

장건이 대답했다.

"기의 가닥이 흩어지지 않으려면 대여섯 걸음쯤인데요."

"그래도 그냥 대충 십보라고 해도 돼. 뭐, 그런 걸 누가 셀까 봐? 십보신권도 괜찮다. 십보신권 하자!"

검결지에서 최초로 방안을 제시했다가 어느샌가 뒤로 밀린 제갈영이 입을 삐죽 내밀며 양소은을 보고 말했다.

"누가 봐도 백보신권이 십보신권보다 더 먼저 있었던 건데 신권(神拳)은 안 어울리잖아."

"그럼 신(神)자를 빼."

"어차피 권(拳)이 아니라도 상관없으니까 권 자도 바꿔야지. 백보에서 십보로 줄어들면 그건 다른 형태로 대성한 게 아니라 더 성취가 낮아진 건데."

"그럼 처음에 검결지로 했으니까 지풍(指風)으로 하는 것도 괜찮겠다. 달마지나 쇄심지, 일양지 이런 거처럼."

백리연이 손뼉을 쳤다.

"그거 괜찮네요. 십……."

백리연이 말하다 말고 입을 다물었다.

고개를 갸웃했다.

"이상하네요. 어감이 별로 좋지 않은 것 같아요. 그건 안 하는 게 좋겠어요."

양소은도 멀뚱하게 말했다.

"그러게. 왜 그런지 모르겠는데 어감이 별로다."

곧 제갈영이 상황을 정리했다.

"내 생각에 당장 분파하는 게 아니니까 백보신권으로 하다가 나중에 바꾸면 좋을 거 같아. 어차피 당분간 비무를 계속할 거면 익숙한 편이 낫지."

다들 찬성했다.

"그래."

백리연이 장건을 보고 물었다.

"백보신권, 괜찮아요?"

"거짓말 하는 거 같아서 좀 마음에 걸리긴 해요."

"그걸 금강권이라고 하는 게 더 거짓말 같아요. 백보신권이 덜 거짓말 같지."

어쨌든 위기를 타격하는 수법은 백보신권에서 배워 온 것이므로 아주 거짓말이라고 할 수만도 없는 건 사실이었다.

"알았어요."

장건이 끄덕이고는 다시 물었다.

"앞으로 기의 가닥을 쓸 때 그냥 주먹을 내밀고 있으란 얘기죠?"

"비무를 한다거나 소개를 할 땐 그 편이 훨씬 유리하고, 그래야 남들이 이상하게 생각하지 않을 거예요. 능공섭물이라고 소개하는 것보다는 훨씬 나아요."

장건이 고개를 끄덕였다.

"그럴게요."

하지만 소녀들은 장건의 말이 그다지 미덥지 못했다. 물론 그저 주먹을 내밀고 있는 것뿐이지만, 평범하게 걷는 것도 못 하는데 과연 할 수 있을까 하는 의심이 들었다.

백리연이 돌멩이를 다시 주워들었다.

"자, 그럼 한 번 해 봐요."

백리연이 돌멩이를 힘껏 던졌다. 장건은 아까 그대로 별다른 표정의 변화 없이 날아오는 돌멩이를 쳐다보고 있었다.

휘이익!

한데 돌멩이가 이마로 다 날아들 때까지 장건은 아무것도 하지 않고 있었다.

갑자기 끙끙대며 당황한 표정을 짓더니.

"으헙!"

장건은 거의 맞을 때 즈음 되어서야 겨우 몸을 틀었다. 아슬아슬한 차이로 장건을 지나친 돌멩이가 멀리 날아가 담벼락에 부딪쳐 떨어졌다.

"……."

장건이 어색하게 웃었다.

"아하하, 왜 안 되지. 그냥 팔만 들고 있으면 되는데…… 아하하, 괜히 의미 없이 손을 들어야 한다고 생각하니까 내공이 안 움직이네요. 하하…… 하마터면 맞을 뻔했네."

소녀들의 눈이 퀭해졌다.

'그럼 그렇지!'

'지금 웃음이 나와?'

'이게 웃을 일이냐!'

하기야 저 정도로 심각하니까 그 방면에서 절대 고수로 인정받아 소림사에서조차 분파시키는 것일 터였다.

"아하하……."

장건은 미안하단 말도 못 하고 웃기만 했다.

그때 하연홍이 말했다.

"왜 괜히야. 의미가 없다 생각하지 말고 허초(虛招)라 생각해."

"허초?"

"모든 초식에는 실초와 허초가 있어. 상대방의 방심을

유도하고 실수하도록 만들거나, 진짜 실초를 감추기 위해 쓰는 초식을 허초라고 해. 이건 비겁한 게 아니라 정당한 초식이야."

장건의 경우에는 진짜 초식은 주먹이 아니라 몸에서 뻗어 나오는 기의 가닥인 셈이었다.

장건이 가만 생각해 보니 전에도 오황이 허초를 쓴 적이 있는데 거기에 당했던지라 허초가 헛되이만 들리진 않았다.

별 힘 들이지 않고 주먹 하나 드는 것만으로 상대의 허점을 만들 수 있다면 그거야말로 효율적인 방법이 아니겠는가!

"어쩐지…… 할 수 있을 것 같아."

"해 볼까?"

하연홍이 돌멩이를 던졌다.

내공이 실려 있진 않지만 그걸로 충분했다. 장건이 주먹을 내밀었던 것이다! 그냥 뻔히 선 채 주먹만 내민 어색한 자세였지만 어쨌든 해냈다!

딱!

주먹질 하는 순간과 돌멩이가 튕긴 순간이 다소 어긋나서 좀 이상했지만 그래도 그 정도면 적당히 봐줄 만했다.

"됐다!"

"거 봐."

장건이 기뻐하자 하연홍이 배시시 웃었다.

다른 세 소녀들은 장건이 발상의 전환으로 말미암아 거의 처음 '쓸모없는 일'을 해낸 셈이라 기분이 좋으면서도 불안함을 느꼈다. 하연홍이 평범해 보이지만 간혹 보이는 총명함으로 점수를 따내고 있었던 것이다.

세 소녀들이 하연홍을 째려보았다.

'강적인데?'

'어떻게 백보신권에 허초를 쓴다고 생각할 수 있지?'

강호에 직접 몸담고 있는 소녀들과 달리 한 걸음 떨어져 있는 하연홍이기에 할 수 있는 생각일지도 몰랐다.

양소은이 머리 뒤로 깍지를 끼고 한숨을 내쉬었다.

"뭐, 어쨌든 무공명 하나 짓는 것도 굉장히 힘든 일이구나."

장건이 감사하다며 말했다.

"이제 금강권은 하나만 남았어요."

"어? 또 있어?"

"네, 아까는 평소에 쓰는 거만 한 거고 최근에 익힌 게 있어요."

"최근!"

약간 지쳤음에도 강호에서 살아온 소녀들이라 금세 새

무공 얘기에 활기를 되찾았다.
　제갈영이 보챘다.
　"보여 줘! 보여 줘!"
　장건이 웃었다.
　"하하, 알았어. 근데 이건 좀 힘들어서 살짝만 할게."
　도대체 어떤 무공이기에?
　네 소녀들의 눈이 호기심과 설렘을 담고 장건을 주시했다.
　장건이 공력을 끌어 올렸다.
　준비식은 방금과 같았다. 약간의 엉거주춤한 기마 자세.
　그러나 좀 전과 기세가 달라졌다. 보고만 있어도 심상치 않다는 걸 알 수 있었다.
　울렁!
　심한 기의 유동이 일어났다.
　푸아앙.
　장건의 오른발 밑에서 흙먼지가 피어올랐다. 장건의 우측 몸을, 용이 타고 오르듯 나선형으로 치솟고 이어 왼쪽에서도 뒤늦게 소용돌이의 경이 생겨났다.
　건조한 날씨 덕에 흙먼지가 생겨나지 않았다면 그토록 자세히 보긴 어려웠을지도 몰랐다.
　그렇게 한순간 두 나선형의 경기가 엇박자로 피어오른다

싶더니, 장건이 주먹을 뻗었다.

우우우웅!

발밑에서부터 타고 올랐던 흙먼지가 구체 형태로 응축하여 주먹 앞에 맺혔다.

얼마나 가공할 공력이 깃들어 있었는지 구체는 공간을 일그러뜨리듯 기이하게 풍경을 모아 담고 있었다. 그러다가 금방이라도 터져나갈 듯 마구 떨리더니.

퍼—어—엉!

그야말로 산산이 폭발해 버렸다.

폭발로 생겨난 세찬 바람이 휘잉, 하고 한 차례 마당을 휘감고 사라졌다.

그 광경을 본 네 소녀들은 오싹하기까지 했다.

아니, 보기 전에 이미 어마어마한 공력에 압도당해 있었다.

장건이 직접 주먹을 뻗는 걸 시연으로 가볍게 했을 때와 실제로 마음먹고 했을 때는 전연 달랐던 것이다.

"이게 살짝…… 한 거라고?"

양소은이 놀라 한 혼잣말에 장건이 끙끙대며 대답했다.

"살짝 해도 아파요. 아고고. 아까 백보신권으로 할 수 없는 상대를 만나면 이 금강권을 해야 해요."

장건이 금강권을 두 번 중첩하여 전력을 다했을 때 위력은 환야 허량이 육 할의 내공을 사용한 태극대합일과 맞먹었다.

 흔히 내공의 차이가 크면 제대로 된 피해를 주기 어려운데, 이 정도면 아무리 허량이라도 받아 내거나 흘리는 데 실패했을 때 목숨을 장담할 수 없는 위력이었다.

 네 소녀들은 경이의 눈으로 장건을 바라보았다. 하연홍은 몰라도 다른 세 소녀는 충분히 지금 본 것의 가치를 알 수 있었다.

 장건이 기의 가닥을 사용하여 가칭 '백보신권'을 사용하는 건 그야말로 상대를 배려하는 수준이었다. 진짜 주먹을 쓰면 오히려 난리가 날 것 같다는 생각이 들었다.

 잠깐의 침묵이 흐른 후에 처음으로 입을 연 것은 제갈영이었다.

 "어때?"

 한데, 그 질문의 대상이 장건이 아니었다.

 "으, 응?"

 백리연이 당황해서는 제갈영을 쳐다보았다. 제갈영이 장난인지 아닌지 모를 진지한 얼굴로 다시 물었다.

 "그때랑 비교하면 어떠냐구."

 백리연의 얼굴이 새빨개졌다. 백리연에게는 그날의 일이 지워버리고 싶은 기억이었다.

"너…… 너."

"왜? 정확한 비교를 위해서 묻는 거야."

백리연은 입술을 꼭 물고는 애써 태연한 척 대답했다.

"무, 물론 그때랑은 비교하기 어렵지."

제갈영이 고개를 끄덕였다.

"그랬겠지? 그때도 지금 같았으면 그 코가 남아 있을 리가 없……."

순간 살기가 제갈영을 뒤덮었다. 제갈영은 천리삼수를 쓸 자세로 몸을 보호하며 뒤로 두 걸음이나 폴짝 뛰었다.

"호호호호! 왜 그러니? 내가 때리기라도 할 것 같니?"

백리연이 입으로는 웃는데 눈엔 시퍼런 독기가 흐르는 채로 제갈영을 노려보고 있었다.

제갈영이 '흥' 하고 코웃음을 쳤.

"때릴라 그런 거 누가 모를 줄 알아?"

"호호호! 괜찮아, 동생. 이리 오렴."

"검에서 손 떼고 말하시지."

"아이 참, 죽여 버리려고 했는데 알아 버렸네? 호호호호!"

"우와! 이제 본색 드러내는 거 봐. 아주 막 나가냐. 못된 첩실 같으니!"

"아니죠. 나보다 어린 동생에게 강호의 예의를 가르치려고 했을 뿐이었어요. 버릇없는 아이들은 혀를 싹둑…… 아니, 엉덩이를 때려 줘야죠. 호호호!"

"으아……."

양소은이 혀를 찼다.

"뭐하냐, 너네들?"

제갈영이 살짝 시선을 돌려서 양소은을 보더니 어쭙잖다는 표정을 지었다.

"뭐, 아줌마는 그러고 있으면 좀 나아 보여?"

"어쭈?"

"아휴, 내가 참아야지. 나같이 귀엽고 앙증맞은 정실부인이 자꾸 말을 걸어 주니까 하찮은 첩실들이 주제를 모르고 덤비는 거 같아."

양소은의 눈썹이 꿈틀했다.

"요 꼬맹이가……."

세 소녀들이 서로 째릿한 눈으로 쳐다보며 기싸움을 하자 하연홍은 질린 표정으로 물러섰다.

"난 빼 줘."

장건도 이런 상황에 점점 익숙해졌는지 의외로 유들유들하게 화제를 전환했다.

"저기 지금 본 건 어떤지 얘기해 줘요."

일촉즉발로 있던 소녀들은 아직 눈빛을 풀지 않았다.

양소은이 제갈영을 보고 이죽거렸다.

"이번에는 왜? 또 백보신권이라고 안 하시나?"

제갈영이 '픔!' 하고 웃었다.

"이보세요, 덩치만 큰 근육 첩실씨? 머리는 생각하는 데 안 쓰고 무기로 쓰시나 봐. 백보신권이라고 한 건 댁 옆에 있는 여우같은 첩실이거든요? 그리고, 그러는 댁은 창의력도 전혀 없이 남의 거나 주워 먹자는 심보로 십보신권이라고 했으면서. 왜, 이번엔 일보신권이라고 하시지?"

"이게 사람을 뭐로 보고? 야, 내가 그렇게 생각이 없는 줄 알아? 십보신권이라고 했던 건 농담이지. 그렇다고 백보신권, 십보신권, 일보신권 그러겠냐? 사람을 물로 봐도 유분수지."

"……"

양소은이 말하다가 '응?' 소리를 내며 말을 멈췄다.

제갈영도 마찬가지였다.

"일보신권……?"

"어? 이거 어때, 일보신권?"

어딘가 모르게 장건과 어울리는 이름이었다.

백리연과 하연홍도 놀란 눈을 했다.

"의외로 좋은데요?"

"백보신권과 다른 새로운 무공인 것 같으면서 소림사의

무공인 것 같은 느낌도 있구."

제갈영이 신나서 소리쳤다.

"내가 한 거야! 이번에도 영이가 찾아낸 거야!"

장건도 입으로 되뇌어 보았다.

"백보신권…… 일보신권……."

썩 나쁘지 않았다.

"괜찮은데?"

일보신권을 권법의 총칭으로 하든 초식명으로 하든 그렇게 가닥을 잡고 나니 훨씬 생각하기가 수월해진 느낌이었다.

네 소녀들은 언제 싸웠냐는 듯 화기애애한 분위기로 돌아왔다.

"와, 근데 무공명 짓기 진짜 힘들다."

"옛날 선배님들도 이름 짓는 데 엄청 고생했을 거야."

"우연히 생각나서 붙인 게 아니라면 말야."

"천하 무림을 뒤흔들고 경천동지할 무공을 창안해 냈는데, 막 그거 무공명이랑 초식 생각하느라고 그 고수가 쪼그리고 앉아서 막 바닥에 글씨 써 보고 지우고, 며칠 동안 전전긍긍하고…… 생각하니 웃기지 않아?"

소녀들이 까르르 웃었다.

"어쩌면 제자들한테 시켰을지도 몰라."

"응응. 경전을 뒤지고 있었을지도?"

갑자기 공통 주제로 인해 급격하게 친해진 소녀들의 수다에 장건은 살짝 외톨이가 되어 버렸다.

으쓱.

괜히 머쓱해져 어깨를 으쓱한 장건은 하늘을 올려다보았다.

평화로운 밤하늘.

일상의 작고 소소한 행복이 장건의 마음을 따스하게 만들고 있었다.

"일보신권……."

장건은 조그맣게 되뇌어 보았다.

이내 흡족한 미소가 입가에 걸렸다.

* * *

공동파의 제마보로 남궁가의 제왕검형을 벗어날 수 있다.

공동파는 일전에 홍오가 던진 그 말 때문에 크게 곤혹을 치렀다. 무공을 훔쳐 배운 건 홍오인데 괜히 공동파는 이름이 끼인 것만으로 가해자가 되어 남들의 눈초리를 받아야 했던 것이다.

아닌 밤중에 날벼락이라고, 별 관계도 없던 남궁가는 돌연 공동파를 적으로 간주하여 견제하기 시작했고 또 남궁가와 척을 지고 있는 세력들은 호시탐탐 공동파의 제마보를 노려댔다.

공동파로서는 억울하기도 억울하거니와 불편함이 도를 지나쳐서 참기 어려운 지경이었다. 거기다가 홍오의 진전을 이은 장건이 활동하기 시작했다고 당사자 격인 소림에서 '대놓고' 알려왔다.

이미 공동파는 여러 경로를 통해 홍오가 장건에게 무공구결까지 온전히 전수하진 않았다는 결론을 얼추 내려 둔 상황이었다. 어차피 홍오도 공동파의 무공 구결을 훔친 게 아니라 스스로 보고 깨친 터이기 때문이다.

그래서 공동파로서는 소림사가 밉더라도 대강 묻어 놓고 싶은데 그렇게 대놓고 불러내면 가지 않을 수가 없는 것이다.

가뜩이나 문파 내외로 복잡한지라, 공동파는 지금의 상황이 피곤하기도 피곤하거니와 난감하기가 이를 데 없었다.

한데 갑자기 새로운 소식이 날아들었다. 이른 아침 한 마리의 전서구가 가져온 몇 줄의 소식은 가뜩이나 전전긍긍하던 공동파를 발칵 뒤엎기에 충분했다.

공동파의 장문인은 신속하게 장로회를 소집했다.

장로들은 어이가 없어했다.

"그러니까…… 비무를 하면 각서를 쓴다고?"

"그것도 타 문파 무공을 익힌 것을 눈 감아 주는 대가로 말이오?"

"허! 그게 대체 무슨 말도 안 되는 얘기인지 모르겠구려."

장문인이 말했다.

"직접 각서의 내용을 확인할 순 없었지만, 요약하자면 타 문파의 무공을 익힌 것을 비무를 통해 확인하고, 비무 후에 '상호 불가침'으로 각서를 받아내는 것 같다고 합니다."

장로들이 저마다 한 마디씩 했다.

"한데 그 주체가 소림사도 아니고 개인이잖소. 그것도 각서라니? 잘못은 그쪽이 했는데 왜 우리가 굽히고 들어가야 하는지 모르겠소이다. 게다가 눈 감아 주면 다시는 안 쓰겠다는 약조는 있소?"

"면죄부를 달라는 자의 태도치고는 심히 건방진 것 아니외까?"

"소림사의 방장이 큰 인물이라 하더니 사실은 오만이 하늘을 찌르는 철부지였구먼. 스스로 우리 앞에 무릎 꿇고 사죄해도 모자랄 마당에 개인 각서가 무슨 망발인고!"

장로들은 불쾌함을 감추지 못했다.

장로 한 명이 말했다.

"장문인. 굳이 저들의 뜻을 따를 필요가 있겠소? 무시하는 건 어떠하오."

장문인이 대답했다.

"대신 비무에서 이긴다면 천문비록을 내주겠다고 했답니다."

장로들이 모두 놀라 외쳤다.

"천문비록을!"

서로를 쳐다보던 장로들이 한마디씩 했다.

"허어! 역시 그 물건이 소림사에 있었군."

"그러니까 비무를 해서 이기면 천문비록을 받고, 지면 과거의 일을 잊겠다는 각서를 쓰자?"

장문인이 답했다.

"그러합니다. 돌아가는 상황을 보건대, 아마도 이번 기회가 아니면 다시 과거 문제로 따지고 들기는 어려울 것입니다. 만약 이에 따르지 않으면 십 년 후에 협약을 맺지 않은 문파를 쳐서 피바람을 몰고 오겠다고 했다 합니다."

장로들이 분개했다.

"저런 건방진!"

"어디서 그런 되도 않는 협박을!"

"에이잉!"

장로들은 인상을 찌푸렸다.

그러나 꼭 피바람을 일으키겠다는 협박이 아니더라도 천문비록이나 불가침의 각서는 나쁘지 않았다. 당장에 천문비록만 해도 기회가 된다면 손에 넣는 게 좋았다.

잠시 침묵의 시간이 흐른 뒤, 장로 한 명이 말했다.

"이유야 어찌 되었든 대단한 자신감이구려. 비무를 해서 나를 이겨라. 그게 아니면 닥치고 각서에 수결해라. 쉽게 말하면 그 얘기 아니오?"

자그마한 체구의 장로가 뒷말을 이었다.

"왈가왈부할 것 없잖소. 천문비록은 물론이고 홍오 대사의 문제를 이대로 후대까지 질질 끌고 갈 것이냐, 아니면 여기서 결론지을 것이냐는 어차피 선택해야 하오. 저쪽에서 무(武)로 가려 보자는데 이쪽에서 꽁지를 빼면 그것도 우스운 모양새요."

장로들이 서로를 돌아보며 고개를 끄덕이곤 의견에 찬성했다.

"좋소. 소림사에서 그렇게까지 나온다면 물러설 수도 없는 바요."

어쩌면 일보신권의 시작 211

"이번 기회에 우리 공동의 힘을 보여 줍시다."
장문인이 장로들을 둘러보며 물었다.
"어떤 분이 나서 주시겠습니까?"
모두 동의는 했는데 아무도 나서지 않았다.
"굳이 우리 중에 한 명이 가야겠소?"
"이미 소림소마는 후기지수들의 실력을 뛰어넘었습니다. 과거에 무당의 중견인 청우와 청진도 당한 바 있으니, 일대 제자들도 감당하기 어려울 겁니다."
"흠. 들려오는 소문으론 소림소마의 나이가 약관을 채 지나지 않았다고 하는데 장문인의 평가가 대단하구랴. 하나 우리 나이가 대개 칠순은 족히 되었으니 가히 보기 좋은 모양새는 아닐 거외다."

사실 장로들은 장건의 활약상이나 소문을 크게 신뢰하는 편은 아니었다. 소문이란 건 왕왕 부풀려지기 마련이니까.

수백 명을 손가락 하나 까딱 않고 날려 버렸다는 얘기야 너무 허황되어서 더 믿기 어렵고, 하북의 고수 철비각을 쓰러뜨린 사실이라든가 하는 정도나 받아들일 뿐이다.

무당파의 두 중견고수를 상대로도 이겼다지만 알고 보니 완벽히 제압한 게 아니라 두 중견고수가 스스로 물러섰다질 않은가. 그런 것처럼, 그저 어떤 꼼수가 있지 않은가 생각하게 되는 것이다.

그러나 소림사의 방장 원호가 대놓고 여러 문파들을 서가촌으로 불러들인 데다 장건이 그 문파들을 상대로 혼자서 비무로 해결을 보겠다고 한 걸 보면, 믿는 게 있기는 한 듯 보였다.

결국 한 장로가 나섰다.

"내가 가 보겠소. 천문비록을 얻을 수 있을지는 모르겠으나, 그 아이는 꼭 한번 만나 보고 싶었소이다."

그렇게 공동파의 장로 한 명이 서가촌으로 가기로 결정되었다.

* * *

공동파와 약간 다른 생각을 한 문파도 있었다.

사천의 점창파다.

원래 점창파는 공동파와 비슷한 처지였다. 홍오가 해번소에서 대놓고 점창파의 무공을 사용했다가 뭇 무인들의 눈에 띈 것도 모자라서 풍진을 쓰러뜨릴 때도 점창파의 은풍장을 사용했기 때문이었다.

이에 점창파는 제대로 항의조차 하지 못했다. 소림사를 향한 우내십존의 공세가 계속된 탓에 중간에 끼어들 기회를 잡을 수가 없었다.

한동안 손꼽을 고수를 내지 못한 데다 장문인의 나이도 오십 대 초반으로 젊어 사천 무인 연합에서도 발언권이 가장 약한 편인 점창파였다.

물론 그렇다고 해도 사천 무인 연합에 청성파와 아미파, 당씨가문에 우내십존이 포진하고 있기 때문에 그렇다는 것이지, 점창파의 세력 자체가 다른 십대문파에 비해 많이 모자란 건 아니었다.

점창파의 장문인은 자신의 제자들을 불러 모았다.

"사천 무인 연합 발족 준비 위원회에서는 이번 각서 문제를 각 문파의 재량에 맡겨 두자는 쪽으로 결정했다 한다."

열 명의 제자들이 수군거렸다.

하기야 천문비록이 걸려 있는 데다 일괄적으로 결정하기엔 소림사와 사이가 안 좋은 문파들이 너무 많았다.

제자들 중 가장 총명한 삼제자가 감탄하며 말했다.

"원호 방장 대사의 심계란 정말 대단하군요."

"설명해 보거라."

"장건이란 속가 제자는 본래 문각 선사의 진전을 이었다고 알려져 있었으나, 실제로는 홍오 대사의 진전도 어느 정도 이은 것으로 의심되고 있지 않습니까? 어떻게 보면 홍자 배에서 끝날 과오가 다시 무 자 배의 대에까지 내려온 것이죠."

"그렇지."

"그렇다고 소림사로서는 과거 문각 선사 때처럼 전 문파를 돌아다니면서 사과를 하거나 할 수도 없죠. 그랬다가는 과거의 약속을 어겼다고 스스로 인정하는 꼴이 되고 말테니까요."

"옳다."

"하여 원호 방장 대사는 이 문제를 최대한 문파가 아니라 개인에 한정지어 일을 마무리 지을 필요가 있었을 겁니다. 그래서 정말 홍오 대사로부터 타 문파의 무공을 전수받았는지 '너희의 눈으로 확인하라' 면서 서한까지 보낸 것일 테고요."

"안타깝게도 아직까지 별다른 성과는 없구나."

"그렇습니다. 하나 소문을 들어 보면 제가 직접 가서 확인한다 해도 성과를 장담하기 어려운 게 사실입니다. 일전에 연화사태께서 말씀하신 바에 따르면 장건이 본문의 유운신보를 사용하긴 하였으나, 유운신보의 묘리가 담겨 있을 뿐 본문의 유운신보가 가진 형태(形態)는 아니라고 하셨지요. 우내십존이신 연화사태께서 그리 말씀하실 정도라면……"

장문인과 사형제들이 고개를 끄덕였다.

그나마 홍오는 사람들이 보면 어디의 무공이라는 걸 확실하게 알았는데 장건은 뭘 해도 긴가민가할 뿐이다.

애초에 무공을 배운 기간이 짧아서 무학이나 구결은 알지도 못하고, 심지어 자기가 어느 문파의 뭘 하고 있는지도 모른다는 게 소림사의 설명이었다.

"그러니까 소림사의 입장에서는 '봐라. 확인도 안 되는 문제로 더 끌지 말고 이쯤에서 적당히 타협하자.'는 의도로 각서를 내민 것이지요. 어차피 각 문파에서 다 사람을 파견했다는 건 공공연한 비밀 아니겠습니까? 한두 명 붙들고 비무해서 각서를 받아내면 전부 알려질 수밖에 없는 얘기고요. 결국 일일이 찾아다니면서 공개적으로 사과하는 것이 아니라 꼼수를 써서 장건 한 명의 개인적인 문제로 치환한 것이죠."

칠제자가 사형인 삼제자에게 물었다.

"사형, 저도 사형의 말씀엔 동의합니다만 거기엔 천문비록의 문제가 빠져 있습니다. 그걸 고려한다면 좀 더 복잡한 얘기가 되어야 합니다."

"난 이번 일에 천문비록을 거론한 게 미끼라고 본다."

"예?"

"천문비록이 정말 그렇게 대단한 물건이라면 굳이 이런 일에 내놓지 않았을 거다."

"하지만 소림사는 사찰이니까 천문비록을 던져 주고라도 과거의 일을 묻으려 한 게 아니겠습니까?"

"천문비록은 엄연히 천문서원에 전해져야 할 물건이잖으냐. 물론 아무도 장원의 위치를 모르니 전해 줄 수 없다지만, 어쨌든 그걸 소림사가 함부로 남에게 주고 말고 할 수는 없는 거다. 그저 천문비록을 거론한 것만으로 이목을 끌 심산이라 봐야지."

"그야 그렇지만…… 그럼 우리가 이번 비무를 받아들이지 않으면 그만 아닙니까? 솔직히 우리가 천문비록도 없으면 뭐하러 거기까지 가서 비무를 합니까."

"너는 우리 점창의 무공이 타 문파에 뒤진다고 생각하느냐? 천문비록이 없어도 점창은 강하다. 아마 나 말고도 대부분의 문파들이 그리 생각할 것이다."

실제로 삼제자의 말처럼 거대 문파들은 천문비록을 크게 탐내지 않았다. 그저 궁금한 정도에 불과했다. 거대 문파쯤 되면 자파의 무공으로도 얼마든지 대성할 수 있기 때문이었다. 거기에 자파에 대한 긍지와 자존심도 한몫했다.

하여 강호에서 천문비록에 관심이 있는 건 대개 중소 문파들이었다.

"그럼 천문비록이란 미끼를 내놓아서 찾아오도록 만들었다는 얘깁니까?"

"그렇지. 그런 명분을 준 게다. 그냥 양해 각서를 쓰러 오라고 하면 자존심이 강한 문파들이 가겠느냐?"

"방금도 여쭈었지만, 우리가 아무것도 하지 않으면……."

"그게 그리 단순하지가 않다. 소림사는 물론이고 우리 역시도 매듭을 지을 수 있을 때 짓는 게 좋다."

"어째서요? 그 문제에 대해서는 다른 사천 문파들도 소림사에 원한이 깊잖아요. 나중에 정식으로 사천 무인 연합이 발족된 후에 연합의 이름으로 소림사에 항의하면 되잖습니까."

"그때까지 미뤄 두기엔 강호의 정세가 심상치가 않다."

"소제는 이해가 되지 않습니다."

그에 대해 장문인이 설명했다.

"십대 문파와 오대 세가가 황궁의 견제를 받아 움츠린 사이에 중소 문파 몇몇이 거대한 세력을 구축했다. 조만간 육검문이라든가를 중심으로 중소 문파들 간에 연합을 구성할 거라는 얘기가 흘러나오는 중이다."

"사천 무인 연합이 결성되면 어떤 외부 세력도 감히 우리를 건드릴 생각을 하지 못할 겁니다."

"그럴 것 같으냐?"

장문인이 고개를 저으며 말했다.

"강호 무림의 역사가 시작된 이래 천하제일 고수는 거대 문파뿐만이 아니라 이름 모를 문파에서도 등장하곤 했다. 하지만 천하제일 고수를 배출해도 해당 문파가 정상에서 군림하는 시간은 그리 길지 않았다. 왜 그렇겠느냐?"

열 명의 제자들이 잠시 생각에 잠긴 가운데 대제자가 나서서 대답했다.

"뿌리가 튼실하지 못했던 때문일 것입니다."

"그렇다. 뿌리 없이 단 한 명의 기재로 인해 세워진 사상누각(沙上樓閣)은 언제고 무너질 수밖에 없다. 몇 개의 굵은 뿌리와 수천 개의 잔뿌리가 토양과 얽혀 있어야 거센 풍파를 버티고 또 버텨 낼 수 있는 게다. 뿌리를 통째로 들어내지 않는 이상 계속해서 뿌리가 뻗고 다시 자라서 언제고 부활하지."

장문인이 다시 물었다.

"하면 그 소중한 뿌리, 즉 문파의 제자들은 누가 어떤 방법으로 지키겠느냐?"

"문파의 고수분들이……."

"틀렸다."

장문인이 가만히 제자들을 한 명씩 돌아보며 말했다.

"필요한 건 무력이 아니라 처세(處世)다."

"예?"

"이렇다 할 고수도 천하제일인도 없을 때 문파를 지켜 나가는 건 처세다. 당금의 위치를 지키고 뿌리를 보호하여 다음 세대의 도약을 기약하게 만드는 건 처세술이다."

제자들이 공감하지 못한다는 표정을 짓자 장문인이 재차 설명했다.

"본래 청성파와 아미파는 견묘지간(犬猫之間)의 앙숙임에도 불구하고 사천 무인 연합에 함께 들어 행동하고 있지 않으냐? 기회가 되면 언제든 갈라설 수 있다는 걸 서로 안다. 하나 문파의 이익에 필요하다면 설사 그런 앙숙과도 협력할 수 있다는 것이다."

"그리하면 처세란 이득을 따지는 것입니까?"

"처세는 손해를 보더라도 살아남는 것이다. 소림사의 예를 들어 보자. 소림사는 문각 선사께서 천하오절에 이름을 올린 후 전성기를 맞이하였으나, 제자였던 홍오 대사의 일로 말미암아 스스로 각 문파를 돌아다니며 사과하게 되었다. 가히 천하제일인에 가까운 이가 스스로 고개를 조아렸으니 당시엔 누구라도 문각 선사의 덕을 칭송할 수밖에 없었다. 그러나 후에 소림사가 어떻게 되었느냐?"

제자들이 대답하기 민망해 했다. 명문정파의 제자가 되어가지고 타 문파에 대해서 대놓고 '망조가 들었다'고 말할 수는 없었다.

"제자를 위해 고개를 숙인 것은 훌륭한 행위였으나, 그로 인해 위엄은 사라지고 소림사는 얕보이게 되었다. 약점을 드러내자 온 동네 승냥이들이 다 달려들어 물어뜯었다. 전대 방장인 굉운 대사 역시 훌륭한 인품을 가진 승려였으나, 승냥이들을 쫓아내지 못하고 되레 승냥이들의 눈치를 보다가 소림사를 더욱 파탄지경에 이르게 만들었지."

결국 소림사의 백년지대행사(百年之大行事)인 진산식에 유수의 문파들이 참석을 거부하는 재앙마저 일어나게 되었다…….

그것이 바로 소림사의 현주소였다.

"소림사의 처세가 미흡했다는 것은 알겠습니다. 하나 소림사와 우리 사천 무인 연합은 다르잖습니까."

"다르지 않다."

이제자의 질문에 장문인이 답했다.

"사천 무인 연합에 가입한 문파들의 가장 큰 강점은 마방의 차마고도(茶馬古道)와 염정(鹽井)을 장악하고 있다는 점이다. 직접적인 거래는 관여할 수 없으나 호송이나 관련 사업으로만도 상당한 수익이 있다. 그리고 장건이란 아이가 운성방의 장자라는 점을 눈여겨보아야 한다."

"그게 무슨 관계입니까?"

다른 제자들이 어리둥절해하는데 총명한 삼제자가 눈을

어쩌면 일보신권의 시작 221

빛냈다.

"아! 스승님의 말씀을 알겠습니다. 진상 중에서도 운성방은 소금을 거래하는 염상(鹽商)이었지요!"

"그렇단다."

"소림소마 장건은 사천 무림과 적잖은 원한을 쌓기까지 했으니 명분도 충분합니다. 빌미만 생기면 십대문파와 적대적 입장인 중소 문파들과 손을 잡아서라도 사천에 진출해 이권을 노릴 가능성이 있겠군요. 유통을 장악하면 큰 이익이 생길 테니 말입니다."

"우내십존 세 분이 모두 변고를 당한 상황에서⋯⋯ 당가의 독정은 듣지 않고, 청성제일검의 쾌검마저 맨손으로 막아 낸 장건을 앞세우고 들어온다면 사천 무림도 마냥 기득권을 지키긴 어려워질 게다."

제자들이 탄성을 내며 고개를 끄덕였다. 어디까지나 가정이었으나 강호의 원한은 크고 깊다. 우내십존마저도 수십 년을 모른 척 살다가 결정적인 순간에 소림사를 공격하지 않았는가!

가뜩이나 소림사의 방장인 원호가 파격적이고 괴팍한 인물이니 장건을 내세워 무슨 일을 저지를지는 알 수 없는 노릇이었다.

"그렇다면 스승님의 생각은⋯⋯."

"아무리 훔쳐 배운 무공이라 하더라도 구결 없이 훔쳤고, 구결 없이 전수된 무공이다. 그렇게 이 대를 갔으면 충분하다. 그건 더 이상 점창파의 무공이라고 할 수 없다."

잠시 생각하던 제자들도 금세 수긍했다.

"실속 없는 과거에 연연하는 것보다 이번에는 한발 물러서서 좀 더 실리를 취하는 게 낫다는 것이 내 생각이다. 훗날을 위한 자그마한 안전장치라고 보면 되겠지."

장문인이 이제자를 지목했다.

"남호야."

이제자 남호가 앞으로 걸어 나왔다.

"이기고 지는 것보다 경험을 쌓는다 생각하고 다녀오너라."

"예, 스승님."

남호는 토를 달지 않고 고개를 숙였지만 표정은 살짝 어두웠다. 하도 장건에 대한 소문이 괴이하고 좋지 않아서 부담감이 있었다. 원래 강자와 싸우는 건 무인으로서 흥분해야 할 일인데 장건과 싸워서 좋은 얘길 들은 이가 없으니…….

장문인의 말처럼 어차피 경험 삼아, 각서나 쓰러 가는 셈이라고 치면 딱 알맞았다.

그렇게 점창파에서는 장문인의 제자가 직접 나섰다.

*   *   *

 점창파뿐 아니라 장건을 감시하고 있던 대부분의 문파에서도 저마다 소림사의 의도를 파악하기 위해 애를 쓰고 있었다. 천문비록이란 위험한 물건이 걸려 있었기 때문에 그로 인해 발생할 손해와 이득도 계산해야 했다.
 하나 결국은 천문비록을 노리든, 아니면 상호 불가침을 위해서든 문파들로서는 딱히 손해를 볼 일이 없었기 때문에 사람을 보내는 쪽으로 결정하게 되었다.

 "또 가라고?"
 "소림사가 아니라 근처에 서가촌으로……."
 "그 장가 꼬마 놈은 왜 자꾸 사람을 오라 가라 해? 내가 소림사에서 돌아온 지 얼마나 됐다고 다시 가라는 거야?"
 "부탁드립니다, 사숙님. 그래도 얼굴을 아는 분이 가야……."
 "허어……."
 "홍오 대사와의 문제도 마무리 지어야 하고, 또 적어도 천문비록이 어디로 흘러가는지도 알아야 하지 않겠습니까?"

그렇게 한 번 소림사에 갔던 이가 다시 가는 경우도 있었고.

"장문은 나더러 가서 얻어터지고 오라는 겐가?"
"어쩔 수 없는 일입니다. 듣자하니 각서를 쓰지 않으면 어떤 식으로든 복수를 하겠다 했답니다."
"그래서?"
"아시다시피 서문가와 저희는 사이가 나쁘지 않습니까. 만약 서문가에서 한발 먼저 각서를 쓰고 소림소마와 손을 잡는다면, 본문이 상호 불가침의 각서를 쓰지 못하도록 훼방을 놓을지도 모릅니다. 그러면 서문가는 손도 안 대고 코를 풀겠지요."
"그럼 좀 더 젊은 녀석으로 보내면 안 되겠는가?"
"본문의 결정을 대변할 수 있는 분이 가셔야 하니 어쩔 수 없이 장로님 정도의 위치에 계신 분께서 나서 주셔야 합니다."
"후우…… 알겠네. 말년에 이게 무슨 꼴인지 모르겠군."

라며, 천문비록과 관계없이 사이가 좋지 않은 다른 세력에 밀릴까 어쩔 수 없이 보내는 경우도 있었다.

또 어디선가는 천문비록에 대한 진위를 파악하기 위해 사람을 파견한 문파도 있었다.

한데 대부분의 문파가 장문인을 대리하여 뜻을 전하거나 혹은 장건보다 실력적으로 우위에 있을만한 이를 보내야 했기 때문에, 대체로 어느 정도 연륜이 있는 이들이 주로 선택되어 보내지게 되었다.

어쨌든 천문비록이 걸려 있는 만큼, 문파들로서도 굳이 소문내고 다닐 이야기는 아닌 터라 이들의 이동은 비교적 조용하게 이루어지고 있었다. 너무 기다렸다는 듯한 인상을 주지 않기 위해서 다소 느긋하게, 그리고 너무 늦지도 않게.

제6장

이번엔 서가촌이다!

 장건의 일상은 무료할 정도로 평화롭게 흘러갔다.
 사실 지난번 비무 이후 또 다른 비무 신청이 있을까 봐 마음의 준비를 단단히 해 두고 있던 차였는데, 아무도 비무를 하자는 사람이 없어 아쉽기도 했다.
 심지어는 충무원에 올 때부터 내내 주변을 맴돌던 사람들—감시자들—도 장건이 말 좀 걸라치면 슬금슬금 피해서 달아나 버리는 것이었다.
 "역시 소은 누님의 도관에서 비무를 할 때 신중하지 못한 탓이었겠지?"
 장건은 나름대로 그렇게 분석하고 있었다.

이럴 줄 알았으면 좀 더 빨리 무공 내력에 대해 고민했으면 좋았을 거란 생각도 들었다. 하지만 비무, 혹은 비무를 가장한 시비가 없는 게 나쁜 일은 아니었다. 장건으로서는 오랜만에 마음 편한 일상을 보낼 수 있었으니까.

 그래서 장건은 자신이 맡은 일을 하며, 네 소녀들과 매일 무학에 대한 공부도 하며 비교적 충실한 하루하루를 보낼 수 있었다.

 그렇게 여유로운 나날이 지속되고 한창의 여름이 시작되던 때.

 하나둘, 서가촌에 그들이 찾아오기 시작했다.

 바로 장건과의 비무를 하기 위해 오는 각대 문파와 세가의 장로들이었다.

 사실 그것까지는 별다른 사고랄 게 아니었다.

 약간의 오해로 찾아왔다 해도 어차피 비무를 하고 각서를 받아 가는 건 똑같다. 남들에게 드러내 놓고 말하기 민망할 뿐이지, 그냥 오는 대로 일을 마친 후 돌아가면 되었으니까.

 걸린 사안은 작지 않았지만 겉으로야 결국 그 정도로 끝날 일이었다.

 온 이들이 대체로 문파에서 가장 웃어른인 장로, 원로급이라 매우 자존심이 강하고 **뻣뻣하기** 이를 데 없으며, 꼬장

꼬장한 노인네들이 아니었다면 말이다.

*　　*　　*

느지막한 오후.

새로 닦인 서가촌의 대로엔 제법 많은 사람들이 오갔다. 상업 활동이 활발해지면서 마차나 짐수레를 비롯해 행상들까지 다녔고, 유명 명소로 인해 주변에서의 인구까지 유입되고 있었다.

오가는 이들 중에 육십은 족히 되어 보이는 노인이 서가촌의 초입에서 걸음을 멈춘 채 마을을 바라보고 있었다.

"촌 동네라더니 변화하기가 성도 못지않군."

서가촌의 발전은 놀라울 정도여서, 건물들도 잔뜩 들어서 있었다. 한적한 시골이 아니라 복작거리는 마을이었다. 불과 몇 달 전하고는 전혀 다른 모습이다.

노인을 수행하기 위해 마중 나온 문하 제자가 말했다.

"소림소마가 온 이후, 어마어마한 변화가 있었습니다."

"소림소마가 대단하긴 대단하구나. 하기야, 그렇게 난 놈이니 일을 이 지경까지 만들었겠지."

"오시는 동안 불편함은 없으셨는지요."

"없었다. 다만 강호의 정세가 워낙 불안하여 가급적 드러내지 않고 오느라 늦었느니라."

 어느 정도 정리가 되어 가는 중이라 해도 아직 중소 문파들의 비무행이 한창인 데다, 무기소지 허가서가 거대 문파에 의해 조절되지 못하고 남발되니 길거리에도 시퍼런 병기를 들고 다니는 자들이 많았다. 이곳저곳에서 개인끼리, 집단끼리 싸움이 나니 아차 하면 휘말리는 경우도 비일비재했다. 물론 남들에게 자신을 보이기 싫어 은밀히 이동한 것도 한 이유였다.

 "민초들이 매일매일을 불안해하며 살고 있는데, 대체 언제까지 관부에서 이 사태를 방치하려는지 알 수가 없구나. 쯧."

 얼굴을 찌푸리고 있던 노인은 그리 기분이 좋지 않은 투로 물었다.

 "소림소마는 어디에 있느냐?"

 "이곳에서 멀지 않은 충무원이란 곳에 있습니다. 저녁에 퇴근을 하면서 이 길을 지날 것입니다. 숙소를 준비했으니 오늘은 쉬시고……."

 "됐다. 별로 좋은 일로 온 것도 아니니 근처에서 운기조식이나 하며 기다리다가 소림소마를 보고 바로 돌아가겠다."

 "아, 네……."

"어쩌다가 우리 남궁가가…… 쯧쯧."

노인이 짜증스러운 투로 말을 내뱉으며 돌아서는데, 마침 다른 문파에서 온 일행과 마주쳤다.

흠칫.

하필 공동파에서 온 나이 든 장로와 젊은 제자였다.

공동파와 남궁가는 최근 급격하게 사이가 나빠져 있었기에 굉장히 어색한 분위기였다. 밑의 제자들 간에는 만나면 칼질부터 한다는 얘기까지 들려오는 중이었다.

짧은 순간 서로 간에 탐색과 경계의 눈빛이 오갔다.

선뜻 먼저 인사를 하는 이가 없었다.

서로 누가 먼저 인사를 할까 눈치만 본다. 왠지 먼저 허리를 굽히는 쪽이 지고 들어가는 인상인 것이다.

그렇게 쳐다만 보며 어쩌다 보니 결국 인사할 시기가 애매하게 지나고 말았다. 이제 와 인사하면 더 이상해질 터라 분위기는 한층 싸늘해졌다.

서로 노려보기만을 일각여, 좀 더 성질이 급해 참을 수가 없었던 공동파의 장로가 먼저 입을 열었다.

"흠. 남궁가의 무인을 이런 곳에서 뵙게 될 줄은 몰랐소이다."

그 말을 듣자 남궁가의 노고수는 울컥해서 눈가가 붉어졌다.

사실 별다른 말도 아니었다. 그냥 지나가는 인사말로 '어이쿠! 이런 곳에서 뵙는군요.' 정도로 자주 쓰는 말일 뿐이었다.

 하나 상황이 상황이다 보니 받아들이는 쪽은 달랐다. 가뜩이나 공동파에서 가전 무공이 파헤쳐진 자신들을 아래로 내려다보는 듯해 짜증이 나는 상태다.

 거기다, 원래 남궁가의 노고수는 서가촌에 별로 오고 싶지 않아 했다. 남궁가의 무인이 왜 누군가에게 안전을 보장받아야 하느냐고 반대하던 측이었다.

 그러나 가문의 생각은 달랐다.

 앙숙이던 양가장의 여식이 장건과 혼담이 오가는 중이라 차후에 장건이 양가장의 편을 들 게 거의 확실했다. 검왕은 은퇴해도 신창은 아직 한참을 활동할 나이다. 거기에 장건까지 가세하면 남궁가로서는 감당하기가 막막해진다.

 게다가 하필 공동파의 제마보를 극복해 낸 것으로 보이는 검왕의 제왕진검은 문사명에게 이어진 상태. 문사명을 식객으로 받아들이긴 했으나, 어쨌든 그는 화산파의 제자다. 제왕진검이 남궁가의 적통으로 이어지지 않은 것이 유의미한 불안감으로 남은 것이다.

 그리고 그건 여전히 남궁가의 무공 약점이 강호에 노출된 채라는 걸 의미했다.

그러한 이유들로 말미암아, 무인의 자존심과 가문의 이익 사이에서 남궁가는 실리를 선택하였다.

가문이 손해를 보는 것도 아니고, 적당한 장로급의 인물이 한 번의 개인적인 비무—혹은 패배—만 감수하면 장건이라는 거대 위험 요소를 사전에 차단할 수 있는데 하지 않을 이유가 없었다.

그 와중에 재수 없게도 가장 반대하던 노고수가 차출되어 오게 된 것뿐이다…….

그러니 남궁가의 노고수 입장에서는 '이런 곳'에 오게 된 것을 스스로 수치스럽게 생각하는 중이었다. 한데 거기에 가뜩이나 사이가 좋지 않은 공동파 장로의 인사말이 불을 지핀 것이다.

고까운 목소리로 남궁가의 노고수가 되받아쳤다.

"그 말인즉슨 남궁가가 이런 곳이나 들락거릴 정도로 하찮아 보인다는 뜻으로 받아들이면 되겠소이까?"

공동파의 장로도 확 짜증이 치밀었다. 그냥 인사한 것뿐인데 괜히 시비를 건다는 생각이 들었다.

"남의 좋은 말을 안 좋게 곡해하여 받아들이는 못된 버릇이 있으시구랴. 뭐 찔리는 거라도 있소?"

"허허허. 이곳에 온 이유야 피차일반일 것인데 그대는 안면에 철판을 깔았는지 조금의 부끄러움도 없으사구려?"

남궁가의 노고수야 이기겠다는 생각이 아니라 억지로 가문의 이해 관계에 의해 온 것이니 무인으로서 부끄러운 게 당연했다. 그러나 공동파의 장로는 천문비록 때문에 왔기 때문에 다른 의미로 뜨끔했다.
　"강자와 싸우는 건 무인으로서의 기쁨인데 내가 왜 부끄러워해야 하오? 적당히 하다 말고 부수적인 이득이나 취하려는 소인배나 부끄러워해야 할 일 아니오?"
　공동파의 장로는 천문비록을 부수적 이득으로 표현했는데, 남궁가의 노고수는 각서 얘기로 들었다.
　남궁가의 노고수는 화가 머리끝까지 치밀어서 껄껄 웃었다.
　"강자와 싸우는 건 물론 즐거운 일이외다. 하나 제 주제도 모르고 날뛰는 사마귀는 마차 바퀴에 짓밟혀 죽기밖에 더하겠소이까."
　공동파의 장로도 화가 치밀었지만 역시 같이 껄껄 웃었다.
　"누가 사마귀인지는 보면 알잖겠소? 그럼 내 기꺼이 순서를 양보할 터이니, 어디 한번 마음껏 해 보시구려."
　천문비록을 노리고 오긴 했어도 큰 기대를 한 건 아니었다. 안 되면 할 수 없는 것이지, 소림사의 의도나 장건의 실력을 확신하기 어려운 상황에서 굳이 처음부터 나설 필요는 없는 일이었다.

하여 공동파의 장로는 내친김에 남궁가 노고수의 등을 떠밀었다.

남궁가의 노고수가 순간 주춤했다.

본래 남궁가의 노고수는 오늘 당장에라도 끝내고 떠나려 했다. 생사를 건 비무도 아니고 장건과 적당히 몇 번 손을 섞다가 물러설 생각이었다. 그러면 서로 체면 상할 일도 없고 창피도 당하지 않을 터였다.

한데 공동파의 장로가 지켜보면 얘기가 달라진다. 어중간히 끝내거나 엉망으로 패했다간 옆에서 뭣 때문에 왔냐고 빈정대며 놀릴 것이다. 가문의 이해 때문에 비무를 한다는 사실이 그에겐 못내 아프게 작용했다.

'너구리 같은 늙은이. 나를 먼저 내세우겠다?'

남궁가의 노고수는 속으로 이를 갈았으나, 외려 남들이 보기에 심하다 싶을 정도로 공손하게 말했다.

"내 마음 같아서야 먼저 그러고 싶으나 그러면 귀하의 기쁨을 빼앗는 꼴이 될 테니 선뜻 귀하의 청을 받아들이기 어렵구려."

"아니오, 아니오. 내 기꺼이 양보한다지 않소."

"아아, 괜찮소. 본인은 귀하처럼 빡빡하게 무인의 긍지를 찾으며 사는 사람은 아니외다. 이미 살 만큼 살았는데 무슨 공명을 탐하여 아등바등 살겠소? 이곳에 좋은 명소가 많다하니 천천히 유람이나 하다가 적당한 때에 비무를 청할 생각이었소이다. 그러니……."

공동파의 장로도 질 수 없었다. 남궁가 노고수의 말을 끊으며 끼어들었다.

"허! 마침 나도 같은 생각이었소이다. 한 며칠 느긋하게 둘러보며 여유를 즐길까 하니, 때가 되어 비무를 하시거든 꼭 알려 주시길 바랍니다. 내 무슨 일이 있어도 반드시 참석하리다."

공동파의 장로는 남궁가 노고수가 딴 말을 하지 못하게 아예 포권까지 하며 인사를 마무리 지으려 했다.

남궁가 노고수도 포권하며 재빨리 말했다.

"본인은 느긋한 성격이라 며칠이 아니라 몇 주야가 될지도 모르오만, 기다리기 지루하거든 얼마든지 먼저 시작하시구려. 본인 역시 만사를 제쳐 놓고 꼭 참석하겠소이다. 혹여, 이렇게까지 말씀드리는데 몰래 비무를 성사시켜도 나를 부르지 않는다거나 하는 졸렬한 행동을 하지는 않겠지요?"

졸렬!

공동파 장로의 이마에 핏줄이 튀어나왔다.

"허허, 그쪽이야말로 야반도주하듯 몰래 비무하고 졸렬

하게 달아나지나 마시오. 물론 검의 명가인 남궁가에서 하류 잡배들이나 할 만한 짓을 할 리는 없을 테고, 굳이 웃음거리가 되고 싶다면야 말리진 않겠지만 말이오."

"허, 내가 할 말이오."

"이쪽도 마찬가지요."

"그럼, 피차 할 얘기는 다 한 것 같소이다."

"그런 것 같소. 허면 유람 잘하시구려."

두 노인은 말이 끝나자마자 몸을 휙 돌렸다.

쌩 하는 소리가 날 정도였다.

어찌나 화가 났는지 둘 다 얼굴이 시뻘게져 있었다.

뒤늦게 '아차' 싶은 생각도 들었으나, 그것도 어느새 뒷전.

이제는 더 물러설 수 없는 자존심 싸움으로 접어든 셈이었다.

* * *

공동파의 장로와 남궁가의 노고수는 정말로 유람을 다니거나 하진 않았다. 시야에서 아주 벗어나진 않지만 가깝지도 않은 절묘한 거리를 두고 매일 서로의 행동을 확인했다.

하지만 자존심 강한 뻣뻣한 노인네들은 누구도 먼저 고

개를 숙이려 하지 않았다.

　공동파의 장로는 분을 못 이겨 하루에도 몇 번을 부들부들 떨었다.

　"흥! 저들이 지레 겁먹어서 본파를 핍박했으면서 왜 괜히 애먼 내게 신경질을 부린단 말이냐? 아니, 꼭 문파간의 일이 아니더라도 내가 저놈보다 몇 살은 더 많을 텐데 어린 놈이 어른을 봤으면 먼저 인사를 해야지, 고개를 뻣뻣이 쳐들고…… 뭐, 살 만큼 살았어? 에잉! 어린놈이 싹수없게."

　남궁가의 노고수도 성질내기는 마찬가지였다.

　"같잖은 제마보 하나 믿고 우리 남궁가를 무시해? 어디 우리 가문에 무공이 제왕검형밖에 없다더냐? 물론 꼭 그런 게 아니래도, 자기들 때문에 우리가 피해를 입고 있는데 사람을 봤으면 '좀 괜찮으시냐, 본문의 불찰로 심려가 크시겠다.' 하고 나와야지, 지들 잘못 없다고 뻗대기만 하면 다야? 어떻게든 같이 머리를 맞대고 해결할 생각은 안 하고…… 에이이! 강호의 도의라고는 눈곱만큼도 없는 파렴치한 작자들 같으니."

　본래 사이가 안 좋으면 작은 것 하나도 마음에 들지 않는 법인데, 사람이 나이가 들면 사소한 일로도 크게 마음이 상하고 고집이 세지기 마련이다. 그러다 보니 두 노인은 남들보다 일찍 도착했음에도 불구하고 이러지도 저러지도 못한 채 하염없이 시간만 보낼 뿐이었다.

시시때때로 티격태격 말다툼도 하면서, 시간이 허무하게 흘렀다.

     * * *

한편으로 길을 오다가 만나 별다른 거부감 없이 동행한 이들도 있었다.

진주 언가에서 온 중년의 외당주와 점창파의 젊은 제자, 그리고 무영문과 곤륜파의 두 장로들이었다.

굳이 사이가 돈독하달 것도 없지만 다툴 일도 없었기에 그들은 제법 화기애애하게 서가촌을 찾아왔다. 같은 처지라는 게 오히려 좋은 쪽으로 작용해서 오는 도중에 비무의 순번까지 미리 정해 놓았을 정도였다.

비무라고 해도 꼭 이기겠다는 마음이 아니라 적당히 자파의 무공을 쓰는지 확인하는 형식적인 비무 정도로 여겼기에 부담감도 크지 않았다. 어차피 확인할 수 없다고 생각했던 것이다.

넷은 가벼운 마음으로 비무를 끝내고 서가촌의 명물과 명소들을 함께 둘러보기로 약속까지 한 상태였다.

첫 순번으로 뽑힌 언가의 중년인과 다른 셋은 장건이 퇴근길에 반드시 지나간다는 관도에서 대기했다.

오후가 지나고 퇴근 시간이 되자, 정확하게 장건이 모습을 드러냈다. 멀리에서 점 하나가 기이한 모양으로 쭉 다가오고 있었다.

"왔다!"

장건을 처음 본 이들은 장건이 미끄러지듯 달려오는 걸 보며 혀를 내둘렀다.

"과연."

"소문대로군요. 저게 팔각활빙보라지요?"

"어떻게 저런 신법이……."

실제로 보니 소문이 부족할 지경이었다. 하지만 장건이 타 문파에 그리 호의적이지 않다고 들었기에 마냥 넋 놓고 구경할 순 없었다.

"준비합시다."

"예."

무인들은 살짝 긴장된 얼굴로 장건이 가까이 오기를 기다렸다.

장건은 최근 서가촌에 무인들이 더 늘어난 것을 알고 있었다.

요즘은 굳이 안법을 쓰지 않아도 무공을 익혔는지 아닌

지 않다. 안법을 쓰면 위기 덩어리의 색과 농도를 봐서 무위도 짐작 가능했는데, 슬쩍 지나치며 보니 이번에 몰려든 이들은 대체로 실력이 낮지 않은 편이었다.

개개의 차는 있지만 소림사의 원 자 배 원주들과 비슷하거나 약간 모자란 수준이니, 꽤 대단한 사람들이 몰려온 셈이다.

백리연의 말로는 명문 문파와 세가의 장로들인 것 같다고 했다.

장건은 왜 그들이 찾아왔는지 이유는 알 수 없었으나 각서를 쓸 수 있어서 잘됐다고 생각하던 중이었다.

사실 먼저 비무를 하자고 말을 꺼내 보고 싶기도 했으나, 이상하게도 새로 온 이들 역시 전에 있던 무인들처럼 슬슬 주변을 맴돌기만 하며 눈치를 보는 터라 먼저 다가가기도 애매했다.

그렇게 기다리기를 일주일.

마침내 장건을 기다리는 사람들을 만나게 된 것이다.

'혹시나 해서 각서를 잔뜩 챙겨 두길 잘했다.'

장건은 흐뭇하게 걸음을 재촉했다.

언가의 중년인과 그 일행이 멀리서부터 다가오는 장건을 기다리는데, 그들이 있는 자리에 또 다른 이들이 나타났다.

이번엔 서가촌이다! 243

범상치 않은 느낌을 지닌 초로의 노인과 그를 수행하는 젊은이 한 명이었다.

언가의 중년인이 갑자기 나타난 불청객을 보곤 놀란 눈을 했다.

"아니?"

노인도 중년인을 보고 살짝 놀란 표정을 지었다.

노인은 딱히 사람들과 마주치고 싶지 않아서 서가촌에는 들어가지도 않고 관도에서만 기다리려던 참이었다. 그런데 하필 아는 이를 만나고 말았다.

언가의 중년인이 노인에게 가 포권하며 물었다.

"혹시…… 어르신은 광동 진가에서 오지 않으셨습니까?"

"그러네. 자네는 분명 언가의……."

"예. 일전에 질녀를 데리고 소림사에 찾아왔을 때 한 번 뵈었지요. 오랜만입니다, 어르신."

"험험. 그랬었지."

보통 이런 경우엔 어디를 가느냐, 뭐하러 왔느냐는 정도의 가벼운 인사를 해야 하건만 지금은 어쩐지 그런 말을 하기가 애매한 때였다.

"저, 어르신께서도……."

"자네도?"

"예."

결국은 모두 장건과 비무를 하기 위해 모인 셈이었다.

"음, 그렇군. 그러면 한 가지 부탁을 좀 해도 되겠는가?"

"편히 말씀하십시오."

"내 자네보다 뒤늦게 왔으니 내가 기다려야 하는 게 지당하네만, 사정이 있어 오래 머물 수가 없다네. 그러니 비무를 먼저 하도록 양보해 줄 수 있겠는지……."

"아."

언가의 중년인은 곤란한 표정을 지었다.

"죄송합니다, 어르신. 저 혼자라면 몇 번이든 양보해 드릴 수 있으나 이미 다른 분들과 순번을 정해 놓은 상황이라 조금 어려울 것 같습니다."

"으음, 그래도……."

광동 진가에서 온 원로가 별수 없이 다른 이들과 인사를 나누며 양해를 구해 보려 한 차였다.

난데없이 그 자리에 공동파의 장로가 나타났다. 이제나 저제나 남궁가의 노고수를 감시하고 있었기에 이들이 나타난 것을 진작부터 보고 있던 공동파의 장로였다.

"허허, 연장자가 체면을 구기면서까지 부탁을 하는데 젊은 사람이 그러면 쓰나. 내 허락할 터이니 진가의 형장께서는 개의치 말고 먼저 비무를 시작하셔도 좋을 것이요."

언가의 중년인과 일행 셋은 다소 황당할 수밖에 없었다.
누가 누구 마음대로 허락한단 말인가?

사실 적당히 넘어갈 수도 있는 문제였다. 상황을 봐서 일행들에게 양해를 구해 먼저 하시라 양보할 수도 있었다.

그런데 갑자기 나타난 이가 저런 말을 하면 양보하려 했던 마음도 싹 사라지고 마는 것이다.

"죄송하오나, 저희가 먼저 왔습니다만."

"나는 이미 일주일도 더 전에 와 있었으니, 온 순서대로라면 내가 가장 우선인 게 맞지 않겠나?"

일주일 전에 왔다고?

그럼 왜 아직까지 비무를 안 하고 있다가 이제 와서 난리란 말인가?

언가의 중년인과 일행들은 황당한 눈으로 공동파의 노고수를 쳐다보았다.

점창파의 이제자 남호가 나섰다.

"만약 선배님의 말씀이 사실이라면 선배님께서 시작하셔야지, 그것을 빌미로 다른 이에게 양보를 하는 건 불합리하다고 생각합니다."

그때 남궁가의 노고수까지 나타났다. 남궁가의 노고수는 다짜고짜 점창파 남호의 편을 들었다.

"뉘 제자인지 총명하기 그지없구나! 저 아이의 말이 백번 옳다. 자신의 차례를 지키지 않아서 지나 버렸으면 그걸로 끝이지, 계속해서 자기가 먼저 왔다고 우기며 양보를 한다면 뒤에 온 저 네 사람은 영원히 비무를 할 수 없게 될 것 아니겠는가!"

그러나 공동파의 장로는 남궁가 노고수를 쳐다도 보지 않고 점창파 남호를 꾸짖었다.

"어른들이 말씀하시는데 어디의 누구처럼 버르장머리 없이 끼어드는고! 자네 사문에선 그따위로 예의를 가르치는가!"

공동파의 장로는 굳이 '어디의 누구'를 힘주어 말했다.

"예?"

남호가 당황하며 놀란 눈을 동그랗게 뜨는데, 그와는 또 별개로 남궁가의 노고수가 언가의 외당주 중년인을 보며 말했다.

"내 아까부터 지켜보던바, 자네의 차례가 맞네. 사람이 경우가 있어야지, 그냥 나이만 먹으면 더 추해지기 마련이거늘. 쯧쯧."

갑자기 나타나서는 서로 딴 말만 해 대니 언가와 그 일행으로서는 어리둥절하기 그지없었다.

하나 광동 진가의 원로는 남궁가의 노고수가 양보를 부탁하는 자신을 욕하는 것처럼 들렸다.

"듣자하니 말씀이 심하시오. 내 사정이 있어 부탁하였을 뿐이지, 억지를 부린 건 아니지 않소!"

남궁가의 노고수는 진가의 원로를 두고 한 말이 아니었기에 가볍게 오해였다고 말하려 했으나, 공동파의 장로가 그렇게 내버려두지 않았다.

"맞소. 대체 누가 경우가 없는가 모르겠소. 초면인 사람을 두고 막말을 하는 이야말로 경우가 없는 것 아니겠소?"

"뭣이? 지금 내게 한 말이오?"

"찔리는 사람이 있다면 그게 그 사람일 것이외다."

"호오, 살다보니 별 희한한 적반하장을 다 보겠구려?"

두 노인 간의 말다툼이 '평소처럼' 시작되었으나, 다른 이들은 난데없는 시비에 휘말린 셈이 되었다.

"어르신들, 잠시 고정하시고……."

"버릇없이, 어디 어른들 얘기하는데!"

보다 못한 곤륜파의 장로가 나섰다.

"이보시오. 너무 심하지 않소? 우리 일은 우리가 알아서 할 테니, 그쪽에서는 그쪽대로 하시는 게……."

"그쪽이라니! 함부로 말하지 마시오. 내가 어디서 그쪽이란 막말을 들을 연배는 아니외다!"

"어허! 말꼬투리를 잡지 마시오. 자꾸만 이리 막무가내로 나오시면 곤란하외다……."

"사람을 무뢰한 취급한 게 누구인데 누가 말꼬리를 잡는다는 거요!"

옥신각신 난리가 났다.

장건은 한참 전부터 와 지켜보고 있었다.

보아하니 비무의 순번으로 싸우는 모양이었다.

'그냥 아무나 먼저 하시면 안 될까?'

대수롭지 않은 일로 핏대까지 세우며 고함을 지르는 모습에 장건은 즐거웠던 마음이 점점 사라져 갔다.

말리고 싶어도 도무지 끼어들 틈이 없었다.

'휴우.'

한참을 기다렸지만 상황은 좀처럼 나아지지 않았다. 서로 칼자루를 쥐며 금방이라도 무기를 뽑아 들 듯 험악해지기만 했다.

자기와 비무를 하기 위해 온 사람들이 정작 자기가 왔는데도 불구하고 신경도 쓰지 않고 있었다.

그저 자신들의 싸움에 열중하고 있다…….

이걸 어떻게 받아들여야 할까?

장건은 답답해졌다.

'응…….'

장건은 거의 이각여를 관도 옆에서 지켜보며 기다리다가

조용히 자리를 떠났다.

다행히 그날 최악의 사태까지 벌어지지는 않았으나, 순번에 대한 논쟁은 좀처럼 가라앉질 않았다.

강호의 인연은 서로 얽혀 있는 법.

후에 새로 온 이들이 서로 편을 들거나 갈라지고, 또 온 이유마저 제각각이다 보니 논쟁은 점점 더 치열해져서 결국 비무행은 고착 상태가 되고 말았다.

* * *

얼마 후, 전진파의 원로 호관평도 문파의 명을 받고 서가촌으로 온 수많은 이들 중의 한 명이 되었다.

전진파는 본래 콧대가 높기로 유명하였으나 최근 쇠락의 길을 걷고 있는 데다 소림사에 해코지한 이가 과거 전진파의 제자였던 종암이었으므로 아무래도 심적인 부담이 컸다.

그래서 천문비록보다는 '상호 불가침'을 염두에 두고 왔다.

호관평은 서가촌의 초입에서 가볍게 한숨을 토한 뒤, 마중 나온 제자를 보고 물었다.

"그러고 보니 이곳에 유명한 다관이 있다지?"

"예. 차 맛이 뛰어난 편은 아닙니다만 가 보시면 왜 서가촌의 명물인지 아실 겁니다."

"가 보자. 이왕 왔으니 잠시 둘러보며 쉬는 것도 괜찮겠지."

서가촌의 명물 다관가(茶館街).

한때 달랑 백리연의 다관만이 있던 이곳에 십자형의 대로를 끼고 수많은 다관들이 들어서 있었다.

다관은 오가는 상인이며 관광을 온 사람들로 바글거렸는데, 서생들이 곳곳에서 음풍농월(吟風弄月)하며 여유롭게 시를 짓는 모습들이 특이해 보였다.

"죄송스럽지만 원조 다관 '가인(佳人)'은 너무 사람이 많아서 예약도 몇 달이나 밀린 관계로, 다른 곳으로 모시겠습니다."

"가인?"

"예, 다관의 이름입니다."

"다관의 이름치고 굉장히 희한하구나."

하지만 예약이 몇 달을 밀렸다는 건 더 희한한 얘기였다.

"이곳에는 가인이란 이름의 다관이 다섯 군데는 있고요. 그 외에도 월하가인, 절세가인등의 이름을 가진 다관도 굉장히 많습니다."

"거참."

호관평이 의아한 얼굴로 수염을 매만졌다.

"어디든 가 보자."

"예."

제자가 호관평을 이끈 곳은 대로에서 안쪽으로 들어가 '원조 가인'이란 현판이 붙어 있는 다관이었다. 특히 원조(元祖)란 글자가 붉은 색으로 두드러지게 강조되어 있었다.

"이곳입니다."

호관평이 빤히 현판을 보며 물었다.

"아까 원조 가게는 사람이 많아 못 간다고 하질 않았느냐?"

"아, 여기 원조는 그냥 가게 이름입니다. 정말 원조는 아니고요. 서가촌을 처음 찾은 멋모르는 사람들은 여기가 정말 원조인 줄 알지요. 여기 말고도 원조나 본가란 말이 붙은 데도 꽤 됩니다."

호관평이 찜찜한 얼굴을 했다.

"아무리 생각해도 사기나 다름없구나. 한데도 여길 굳이 올 필요가 있더냐?"

"제가 모든 다관을 다 가 봤는데 이곳이 그나마 예약 가능한 곳 중에 가장 차 맛도 좋고 의외로 괜찮은 집입니다."

호관평은 못내 미심쩍은 표정으로 제자의 뒤를 따랐다.

사거리의 다관들처럼 바글거리지는 않았으나 사람들이 제법 차 있었다.

호관평과 제자가 다관으로 다가가자 점소이가 뛰쳐나왔다.

"어서오십시오!"

그 순간 호관평은 깜짝 놀라서 저도 모르게 공력을 일으켰다.

"이런!"

손바닥을 쭉 펴서 번쩍 들고 나서 보니 평범한 점소이었다. 공력을 써서 눈가에 시퍼런 기운이 흐르자 점소이가 흠칫 했다.

"왜 그러십니까요, 손님?"

"으음……."

호관평은 신음을 흘리면서 멋쩍게 손을 내렸다.

'내가 뭘 본 거지?'

점소이의 행동이 이상했다. 살기도 없이 휙 하니 다가왔는데, 뭔가 굉장히 위협적이었다.

한데 이리저리 뜯어봐도 점소이는 딱히 내공을 가지고 있다거나 무공을 배운 흔적이 없었다.

그러나 호관평은 분명한 거부감을 느꼈었다. 그건 사실이었다. 그렇지 않고서야 자신의 감각이 이리 반응할 리 없었다. 어쩌면 너무 방심했다가 깜짝 놀라서 더 그랬던 듯도 싶었다.

호관평이 당황스러워 하는데, 제자가 얼른 나섰다.

"아닐세. 자리를 안내해 주게."

점소이에게 푼돈을 쥐여 주자 점소이가 굽실 인사를 하곤 앞서갔다.

그때에야 호관평은 자신이 느낀 거부감의 정체를 알 수 있었다.

스윽스윽.

앞서 걸어가는 점소이의 걸음이 굉장히 부자연스러웠던 것이다. 돈 받을 때와 인사할 때 멀쩡했던 걸 보면 어디 팔다리가 불편한 것도 아니다. 그런데 팔다리에 부목이라도 댄 듯 뻣뻣하게 옆으로 걷다가 갈지자(之)로 걷다가 한다.

한데 또 웃긴 게 말도 안 되는 동작인데 의외로 보법에서의 현묘함이 보이기도 한다.

"이게 무슨……."

일개 점소이가 전진파의 원로를 당황스럽게 했다는 사실마저 당황스러운 일이다.

제자가 당황한 호관평에게 귀엣말처럼 조그만 소리로 말해 주었다.

"전에도 보고 드린 적이 있습니다만, 이곳에서 유행하는 걸음걸이입니다."

 그게 더 당황스러웠다.

 저딴 게 유행이라니?

 호관평이 당혹함을 애써 감추며 다관에 들어서는데, 한편에서 갑작스러운 웃음이 들려왔다.

 다관 안에 있는 사람이 다 듣고도 남을 큰 소리였다.

 "껄껄껄! 저 점소이는 하마터면 자기가 보극대삼락으로 맞아 죽을 뻔했다는 걸 아는가 모르겠구나."

 멈칫.

 호관평이 걸음을 멈추고 딱딱하게 굳은 얼굴로 웃음소리가 들려온 쪽을 쳐다보았다.

 다관 한쪽에 노인 한 명과 청년 한 명이 앉아 차를 마시고 있었는데 그쪽에서 들려온 소리였다. 평범한 노인은 아니었다. 노인의 풍모가 여간 헌헌하지 않았다.

 노인이 호관평을 쳐다도 보지 않고 찻잔을 든 채 한마디를 더 했다.

 "과거의 영화가 사그라진 데에는 다 이유가 있는 법이지."

 호관평의 얼굴이 일그러졌다.

 이건 명백한 시비의 말투가 아닌가! 점소이에 놀라 공력을 일으킨 것을 놀림 삼은 것도 무례한 일인데 전진파가 쇠락한 것을 두고 농지거리를 하다니!

호관평은 은은한 노기를 드러내었다.

"본인은 어디에서 원한을 사고 돌아다닌 사람은 아닌데, 귀하는 어디의 누구시기에 본인과 본파에 악감정을 갖고 시비를 거는 것이오?"

"원한을 안 사? 흥. 그야 본인만의 생각이겠지."

노인은 코웃음만 치고 대답을 하지 않아 호관평을 더 분노케 했다. 그건 강호의 예의에도 어긋나는 무례한 행동이었다.

전진파의 제자가 급히 속삭였다.

"형산파입니다."

"형산파?"

호관평이 노인을 쏘아보며 목소리에 공력을 담아 말했다.

"나는 형산파와 척을 진 적이 없고 귀하 또한 처음 보는데 어찌하여 그토록 무례하신가?"

웅웅거리며 소리가 울렸다.

다관 안에 있던 손님들이 인상을 찌푸리며 귀를 막았다. 분위기가 심상치 않아지자 하나둘 자리를 뜨고 있었다.

형산파의 장로 변인은 그제야 일어서서 호관평을 마주 보았다.

"나는 형산파의 변 모라는 보잘것없는 범부올시다. 하나, 이왕 만난 김에 한마디 해야겠소. 그러는 전진파는 본파와 무슨 원한이 있어서 본파를 핍박하였소이까?"

호관평이 선뜻 대답을 하지 못하고 주저했다. 실제로 전진파가 형산파를 핍박한 사실이 있어 대답을 주저하는 게 아니었다.

전진파의 과거 제자였던 종암 때문이다. 종암이 어사가 되어 이번 무림의 거대 문파 탄압 활동에 선봉으로 나섰다는 사실은 강호에서 모르는 이가 없었다.

사실상 강호 무림 전체에 걸쳐서 거대 문파에 대한 핍박은 광범위하게 진행된 상태였다. 그래서 중소 문파들의 난립에도 함부로 나서지 못하고 자중하는 중인 것이다.

형산파도 마찬가지였다. 형산파의 제자로 알려지면 괜히 관부에서 트집을 잡아 구금하는 등 본산 제자들의 강호 활동이 심하게 압박을 받았다. 본산 제자는 물론이고 속가 제자들은 사업마저도 제약을 받았다.

그러니 형산파는 속이 부글부글 끓어오를 수밖에 없었다. 변인만 해도 이곳까지 오는 동안 상당한 고역을 겪었다. 남들 다 통과하는 성문에서 혼자만 계속 거부당한다거나, 검문을 당하면 반나절은 족히 잡혀 있다거나 해서 나중엔 아예 산길로만 왔다.

겨우겨우 서가촌으로 왔더니, 하라는 비무는 안 하고 이쪽저쪽 편만 나뉘어 계속 대립하는 통에 하릴없이 시간만 보냈다.

그래서 짜증이 끝까지 치밀어 있는 중에 때마침 전진파의 사람을 만났으니 고운 말이 나올 리 없었다.

어차피 전진파는 명맥만 겨우 유지하는 문파였다.

호관평이 화를 꾹 참으면서 포권했다.

"형산파의 변 장로셨구려. 우선 최근 벌어진 일에 심심한 위로의 말씀을 드리겠소이다. 하나, 본파는 관부나 황궁과 아무런 관계가 없소이다. 그는 오래전부터 본파의 제자가 아니었소. 그러니 그 사실을 두고 따지신다면 본파로서는 매우 억울한 일이외다."

변인이 천천히 일어나 호관평의 앞으로 갔다.

"전진파가 억울한 것이 진심이라면 무릎을 꿇고 사과하는 게 옳은 일일 것이오. 현 무림에서 전진파만이 관부의 핍박을 받지 않고 있다는 건 어린아이도 아는 일이오."

뒷짐을 진 꼴이 어서 무릎을 꿇으라 재촉하는 듯했다. 호관평도 더 이상 참지 못했다.

"솔직히 말해 그를 본파에서 쫓아내도록 만든 건 당신네들 아니오? 한데 이제 와서 오래전 쫓아낸 제자의 일로 본파에 사과를 요구하는 것은 지나친 처사요!"

변인도 물러서지 않았다. 그냥 한 소리 하고 말기엔 그간 쌓인 화가 너무 컸다. 당시에 형산파가 종암에게 한 표를 행사했기에 그 때문에 형산파만 유독 더 핍박당한다고 생각했다.

"공정한 표로 결정한 일을 우리들 잘못으로 떠넘기는 거요? 허! 내 이럴 줄 알았지. 그때의 악감정으로 우리를 괴롭히는 게 사실이었군."

다른 자리에 있던 타문파의 장로가 형산파를 거들고 나섰다.

"그러니까 당금 강호에서 전진파가 어딜 가도 강호의 동도들에게 환영받지 못하는 것 아니겠소? 우리 또한 형산파와 의견이 같소이다."

주변에 있던 또 다른 문파에서도 같은 의견을 피력했다.

"벼룩도 낯짝이 있어야지. 강호에 분탕질을 쳐 놓고 도대체 무슨 낯으로 뻔뻔하게 강호를 활보하는가."

순식간에 전진파의 호관평은 무림 공적처럼 삼 대 일로 몰리고 말았다.

전진파도 십대 문파와 오대 세가에 대한 악감정이 없지 않았다. 그들의 밀약으로 말미암아 전진파는 부흥의 기회를 잃었다.

따지고 보면 전진파도 큰 피해자다.

호관평이 자존심이 상해 비틀어진 미소로 응답했다.

"허허, 그러셨구려. 그럼 뭐 별수 있겠소? 강호의 일이니 강호의 법칙대로 합시다. 섭섭하다면 칼로 풀어야지, 말로 해결될 일은 아닌 것 같구려."

호관평은 공력을 끌어 올리며 칼을 앞으로 하고 천천히 칼자루에 손을 댔다.

호관평이 막 검을 뽑아 새하얀 검신이 막 모습을 드러내려는 순간 변인이 번개처럼 손을 뻗었다. 변인은 한 손으로 호관평의 검집을 붙들고 다른 손으로는 칼자루의 끝을 잡았다.

찰칵!

검이 뽑혀 나오다 말고 다시 들어갔다.

한 자루의 칼을 둘이 동시에 양손으로 잡고 있는 묘한 꼴이 되었다. 손의 위치만 반대였다.

변인이 웃으며 말했다.

"장담하는데, 함부로 칼 뽑았다간 험한 꼴을 보게 될 거외다."

호관평의 눈썹이 치켜 올라갔다.

"무례한 자 같으니!"

변인의 힘은 굉장했다. 호관평이 검을 뽑으려 해도 옴짝달싹하지 않았다.

검을 타고 변인의 내공이 흘러들었다. 호관평도 마주 내공을 끌어 올려 맞섰다.

 호관평은 칼에서 손을 떼지 않은 채 어깨가 조금도 흔들리지 않는 무영각(無影脚)의 수법으로 변인의 무릎을 걷어찼다. 변인이 천근추의 묘리로 굳건하게 다리를 땅에 붙였다. 잘못 찼다가는 호관평의 발목이 비틀리거나 튕겨져서 무기를 놓게 될 수도 있었다. 자신의 무기를 뺏기는 것만큼 꼴불견도 없는 일.

 호관평은 교묘하게 다리를 틀어서 변인의 뒷오금을 걸었다. 중심을 무너뜨릴 생각이었는데, 변인이 순간 검을 통해 내공을 왕창 밀어 넣었다. 호관평이 손바닥으로 흘러 들어오는 변인의 내공에 깜짝 놀라며 급히 자세를 수습했다.

 변인이 기회를 놓치지 않고 호관평의 앞발 발등을 밟았다. 호관평이 앞발을 뒤로 빼자 다시 다른 발로 호관평의 발등을 찍었다. 호관평은 어쩔 수 없이 재차 발을 뺐다.

 타타탓!

 변인이 계속해서 발등을 노리고 호관평은 피했다. 잠깐 사이에 호관평은 몇 걸음이나 물러섰다.

 몸을 움직이면서 내력의 대결까지 하고 있었는데, 내공 싸움에서도 밀린 탓에 기혈이 부글부글 끓었다. 손바닥으로 흘러드는 변인의 내공이 팔뚝까지 타고 올라와 저릿거렸다.

"크윽."

호관평의 입가에 피가 맺혔다.

짧은 대결이었으나 실력 차이는 여실했다. 처음에 무기를 잡혔을 때부터 이미 승패는 정해져 있던 것이나 마찬가지였다. 내공의 깊이부터 운용에 이르기까지 모두 뒤져 있었다.

이제 변인은 한 손을 떼고 한 손만으로 검을 누르고 있었다. 호관평은 점점 몸이 아래로 가라앉았다.

투투툭.

호관평의 손끝에서부터 핏줄들이 두드러지게 튀어나오면서 터졌다. 실핏줄이 팔을 타고 흘렀다.

거의 호관평이 무릎을 꿇을 지경이 되어서야 변인이 슬쩍 손을 놔주었다.

"이 정도로 우리 모두를 상대하겠다니, 심히 가소롭구려. 기개는 좋았으나, 알량한 재주만 믿고 함부로 칼을 뽑으면 목이 붙어 있기 어려울 거요."

호관평은 이를 갈았으나 아무 말도 할 수가 없었다. 결국 그는 검조차 뽑지 못했다.

그의 패배가 전진파의 쇠락을 몸소 말해 주고 있었다.

호관평이 부르르 떨리는 팔을 다른 소매로 감추면서 뒤

로 물러났다.

"사정을 봐주어…… 감사하오……."

"흥."

거의 화풀이를 한 셈이나 마찬가지였지만 변인은 여전히 성질이 풀리지 않은 것 같은 얼굴이었다.

호관평이 입술을 깨물었다.

"내 지금은 부족함을 인정하고 물러나나 조만간 다시 찾아뵐 것이오. 귀하의 존성대명을 여쭈어도 되겠소이까?"

"본인은 변인이라 하고, 강호의 동도들은 흑풍객이라 불러 주더이다. 나를 만나려거든 언제든 형산으로 찾아오시오."

"삼안 오공권(三眼蜈蚣拳)의 흑풍객!"

호관평의 표정이 어두워졌다.

흑풍객은 형산파에서 다섯 손가락 안에 드는 실력으로 자타가 공인하는 형산파의 고수였다. 그의 성명절기인 삼안 오공권은 형산파의 최고 권공 중 하나로, 형산파를 처음 개파할 당시 세 개의 눈을 가진 영물 지네가 나타난 데서 이름 지어졌다.

개파조사로부터 전해진 유서 깊은 무공인만큼 자체의 위력도 출중하였으나 흑풍객 변인의 실력도 그에 못지않았다. 젊을 때 불같은 성정으로 잦은 사고를 일으키고 다녔지만 덕분에 강호에 떨친 명성이 적지 않았다. 나이가 들어 일선에서는 뒤로 밀려나 있었으나 거친 성격은 사라지지 않은 모양이었다.

변인은 주변을 둘러보았다. 시비가 붙었다는 말에 인근 다관에서 자리하고 있던 타 문파의 장로들마저도 구경을 와 있었다.

변인은 이를 기회라 생각하고 하고 싶은 말을 내뱉었다.

"그동안 순번을 정하느니 뭐니 하며 괜한 시간을 낭비한 것 같소. 몸도 풀었겠다…… 내친김에 오늘에야말로 이 변모가 먼저 장가 아이와 비무를 벌이려 하는데, 반대하실 분 있소이까?"

방금 실력을 본 터라 반대할 이가 없었다. 마침 그 자리에 공동파와 남궁가의 노고수가 없었던 것도 다행이라면 다행이었고, 다들 순번 싸움에 지쳐 있기도 했다. 차라리 누군가 나서서 뭐가 됐든 길을 열어 주기를 바라고 있었다.

누군가가 말했다.

"형산파의 흑풍객이라면 충분히 그만한 자격이 있지요."

다른 이들도 고개를 끄덕였다. 흑풍객의 명성과 실력이라면 양보할 수밖에 없는 일이었다.

변인이 뭇 장로들을 돌아보며 포권으로 답했다.

"감사하오. 오늘 내가 건방진 장가 아이의 코를 납작하게 눌러 놓는다면 그것은 모두 여러분들의 공일 것이오."

오랜 시간 진척이 없던 상황에 드디어 변화가 생겨났다.

＊　　＊　　＊

장건이 돌아오는 길을 변인이 떡하니 가로막고 섰다.

금세 소문이 퍼져서 많은 문파의 장로들이 참관하기 위해 와 있었다. 문파의 젊은 제자들이며 단순한 구경꾼들까지 모두 와서, 관도에 모인 이는 수백 명이나 되었다.

서로 티격거리던 공동파와 남궁가의 장로가 항의했으나, 이미 많은 장로들이 뜻을 모았기에 어쩔 수 없이 대세를 따라야 했다. 순서를 빼앗긴 것에 아쉬워한 장로들도 있었으나 전진파의 호관평이 변인에게 굴욕적으로 패배한 사실을 알고선 입을 다물었다. 전진파의 원로를 가볍게 짓누른 흑풍객의 실력은 다른 문파 장로들과 비교해 보아도 확실히 뛰어난 것이었다.

"온다!"

드디어 장건이 나타났다.

두 달 만에 처음으로 이루어진 비무였다.

장건은 사람들이 떼로 몰린 것을 보고 가까이 다가와 멈춰 섰다.

한 명의 노인이 혼자서 나와 있고 그 뒤에 수많은 이들이 서 있는 걸 보면 비무를 하기 위해서라는 걸 말하지 않아도 알 수 있었다.

"안녕하세요."

장건이 합장하자 변인이 고개를 가볍게 끄덕여 받았다.

"나는 형산파의 변인이라 한다. 네가 원하던 대로 승부를 청하러 왔다만, 따로 시간이 필요하겠느냐?"

'네가 원하는 대로'란 말에 장건은 자기가 언제 사람들에게 비무를 원한다고 말하고 다녔는지 기억해 보았다. 물론 기억에 없었다.

"전 괜찮아요."

그러자 변인이 정식으로 포권을 해 보였다.

"바로 시작하자. 나는 본문의 삼안 오공권을 익혔고, 강호에서는 흑풍객이란 별호로 불리고 있다."

변인이 짧은 소개를 마친 후, 장건도 재차 합장하며 자신을 소개했다.

"장건입니다. 부족하지만 백보신권을 하고 있어요."

미리 준비해 둔 덕인지 술술 말이 나왔다.

관중들이 술렁거렸다.

소문으로 알려져 있는 것과 장건의 입으로 직접 듣는 건 달랐다. 백보신권이 어디 시장바닥에 나도는 삼류 무공이 아니니 말이다.

변인도 인정했다.

"젊은 나이에 백보신권이라니, 대단한 성취로구나. 하나 원죄(原罪)를 짓고도 숙일 줄 모르고 오만함이 극에 달하였으니, 소림사는 필경 오늘의 일을 후회하게 될 게다."

"원죄요?"

장건이 영문을 몰라 되물었지만, 변인은 애초에 대답을 바라고 한 말이 아니라 벌써 태세를 취하고 있었다.

그래도 비무 전에 약속은 받아 놓아야 했다.

"아실지도 모르지만 비무를 하면 나중에 각서를 써 주셔야 해요."

장건의 말에 변인의 입가가 씰룩였다. 장건은 비무를 하는 조건으로 각서를 써 달라 한 것이지만, 변인은 장건이 이기면 각서를 받는 것으로 알고 있었다. 한데 각서를 나중에 써 달라고 한 건, 장건이 자기가 당연히 이길 거라 생각하고 한 말이라고밖에 생각할 수 없지 않은가!

"어린놈이 오만하기가 이를 데 없구나. 실력도 그만큼 되는지 보자."

급하게 가게 문을 닫고 헐레벌떡 달려온 네 소녀들이 장건을 응원했다.

"오라버니, 힘내!"

"장 소협! 하던 대로만 해요!"

장건이 소녀들을 보고 고개를 끄덕였다.

이유가 어쨌든 간에 드디어 준비해 뒀던 첫(?) 비무를 하게 되었으니 열심히 해야겠다는 생각이 들었다.

장건도 곧 공력을 끌어 올렸다.

각 문파의 장로들과 제자들이 숨을 죽이고 둘의 비무에 집중하기 시작했다.

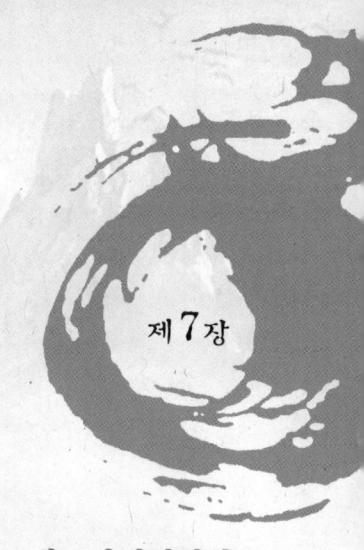

제7장

백보신권입니다

 장건은 기수식을 펴며 면밀히 상대방을 살폈다.

 상대의 몸놀림은 흐트러진 데가 없고, 기세는 날카로웠다. 위기 덩어리의 색은 짙고 밀도도 높았다. 신창과 거의 비슷한 수준의 내공을 가진 것으로 보아 상승고수임에 분명했다.

 물론 실제 비무에서는 초식의 성취도와 운용에 따라 고하가 나뉘므로 내공의 크기가 꼭 실력을 의미한다고는 할 수 없었다. 더구나 강호의 경험이 오래된 무인들은 노련하기까지 하다. 장건은 이미 신창에게서 초식 운용의 묘를 경험한 적이 있다.

 그래서인지 장건은 살짝 긴장도 되고 흥분도 되었다.

무엇보다 나이가 좀 있으니 각서를 쓰면 효과가 더 좋을 거 같아서 그게 신이 났다. 아무래도 나이가 많은 사람과 각서를 써서 상호 불가침이 되면 그 밑의 배분이나 제자들이 장건을 함부로 괴롭히긴 어려울 게 아닌가 싶었다.

장건이 이런저런 생각을 하는데, 귀에 양소은의 전음이 들려왔다.

[형산파의 삼안 오공권에는 선수를 빼앗기면 안 돼. 일단 시작되면 끊임없이 끈질기게 붙어서 지칠 때까지 물고 늘어진대.]

전음을 할 줄 모르는 장건이 양소은을 힐끗 쳐다보니, 양소은이 입맛을 다시면서 못마땅한 투로 말했다.

[내가 아니라 얘가 해 주라고 한 말이야.]

하연홍이 조언을 하고 양소은이 전해 준 모양이었다. 장건은 고맙다는 눈짓을 하고는 다시 변인을 주시했다.

그런데 그렇게 딴청을 피운 것이 변인의 눈에는 고깝게 보인 모양이었다. 장건이 시선을 돌린 그 잠깐 사이에 변인이 치고 들어왔다.

"건방진 놈, 감히 한눈을 팔아? 이것이 선배로서 후배를 가르치는 지도 비무라 생각했다면 오산이니라!"

변인은 시작부터 삼안 오공권을 펼쳤다.

권이 매섭게 바람 소리를 내며 장건에게 쏟아졌다. 백보신권에는 거리를 주지 않는 것이 유리하고, 삼안 오공권은 선공에서 더 위력을 발휘한다. 재빠르게 선수를 빼앗은 변인이었다.

장건은 나한보를 이용해서 옆으로 권을 피했다. 한데 피하자마자 권영(拳影)에 숨어 있던 다른 권영이 모습을 드러냈다. 장건은 황급히 한 번 더 몸을 틀었다. 아슬아슬하게 내력이 실린 권풍이 장건의 옆구리를 스쳐 갔다.

팍!

옆구리 근처에서 공기가 터지며 파열음이 들렸다. 맞았으면 내장이 뒤흔들릴 충격이 있었을 터였다. 한데 그만한 위력의 권을 뻗고도 변인의 공세는 늦춰지지 않았다. 일격으로 끝내겠다는 게 아니라 공격마다 약간의 여유를 두어 회수와 변초를 쉽게 한다.

장건은 정신없이 몸을 움직였다. 고수 축에 속하는 무인들의 공격은 단순히 거리로만 생각하면 안 된다. 짧게 치는 주먹이 허초일 수도 있지만 내가공력을 담은 권풍을 발출하는 동작일 수도 있다. 권풍일 경우 직선거리가 아니라 옆으로 흘려내야 한다.

변인처럼 노련한 노강호들은 허초와 실초를 자유자재로 구사한다. 느긋하게 상대를 몰아가는 데 능하다. 전력을 다했다가 늦췄다가 하며 자신의 뜻대로 비무의 속도를 조절한다. 한번 휘말리면 호흡을 잃고 내공의 운행이 불안해져 점점 수세에 몰리게 된다.

하여 고수들은 고도로 정신을 집중한 상태에서 상대와 수 싸움을 한다. 힘이 크게 실리지 않은 일부의 허초는 맞아 주면서 반격을 하기도 하고, 강한 공격을 피하지 않고 막아서 흐름을 끊기도 한다.

그렇게 치열하게 공방이 이루어지기 때문에 한번 근거리에서 박투(搏鬪)가 시작되면 큰 공격을 할 틈 따위는 없다. 큰 공격을 준비하고 내공을 운용하다가 대응이 늦어지면, 아차 하는 사이에 흐름을 빼앗겨 벗어나기가 매우 어렵게 된다.

장건의 경우에는 이미 선수를 놓쳐 흐름을 빼앗겼다. 남들이 보기에도 그러하다. 변인은 연륜을 과시하기라도 하듯 공세의 강약을 조절하며 장건을 몰아넣고 있었다. 장건은 반격할 생각도 못 하고 연신 피하기에 바쁘다.

"호오."

관전하고 있던 장로들이 감탄성을 냈다. 벌써 이삼십 초가 훌쩍 지났다. 그 사이 장건은 한 번의 반격도 하지 못했다. 그러나 아까 전진파의 원로는 손을 맞댄 지 겨우 몇 합 만에 무릎을 꿇었으니, 장건의 실력은 분명히 그보다는 더 낫다는 뜻이기도 했다.

장로들은 장건에 대해 감탄하면서 또 변인의 운용에 대해서도 감탄했다.

사람인 이상 숨은 쉬어야 한다. 하나 들숨일 때는 그 어떤 고수라도 근력으로는 힘을 낼 수가 없다. 내공으로 무리하게 기운을 유지할 수도 있으나 그랬다가는 기혈이 끊어 내상을 입기 십상이다.

그래서 호흡이 중요하다. 호흡과 호흡간의 간격에 어떻게 공세를 유지하느냐, 반대로 수세에 있는 이는 어떻게 상대의 호흡 중간에 흐름을 끊느냐의 싸움이 된다. 한번 사용한 초식을 그대로 사용하면 안 되는 이유가 여기에 있다.

보기엔 변인은 거의 호흡을 하지 않는 것처럼 초식을 이어가고 있다. 능숙하게 싸움을 이끌고 있는 것이다. 과연 흑풍객이라는 말이 절로 나올 지경이다.

한데…….

정작 본인은 당황스러웠다. 장건이 아니라 지속적으로 흐름을 주도하고 있는 변인이 당황하고 있다.

변인은 거의 한 호흡에 열다섯 번 이상의 주먹을 뻗고 있다. 그중에 일곱은 눈을 속이기 위한 허초요, 셋은 권풍이요, 다섯은 실초인 주먹질이다.

장건이 생각이 있다면, 최소한 실초와 허초를 구분해서 반격의 실마리 정도는 잡으려는 움직임을 해야 할 터였다.

그런데 전혀 그런 움직임을 보이지 않는다.

그냥 다 피한다.

허초고 실초고 권풍이고 그냥 다 피해 버린다!

'뭐, 이런 놈이!'

변인은 기가 질렸다.

장건은 그야말로 최소한으로 움직여 피하고 있다. 멀리서 보는 이들이야 그렇게까지는 모르겠지만 변인은 직접 상대하고 있으니 피부로 느꼈다.

살짝살짝 옷깃이 스칠락 말락 피하는데, 옷깃 한 번 손에 닿은 적이 없다. 허초도 그리 피하고 실초도 그리 피하는데 기가 막힐 지경이다.

극도의 절제된 간격으로 공격을 피해 버리니 오히려 여유가 없는 건 변인이었다.

'이놈이 나를 놀리는 건가?'

일부러 반격하지 않고 피하기만 하면서 희롱하는 건지도 모른다는 생각에 등골이 서늘해졌다.

마음이 급해진 변인은 공세를 잃지 않기 위해서 더 몰아붙였다. 겉으로 보기에 느긋한 것 같아도 실제로는 권만 사용하고 각법, 퇴법은 전혀 사용하지 못할 정도로 위축된 상태였다.

하지만 사실 장건도 그리 여유로운 건 아니었다. 최소한도로 피하는 거야 원래 하던 것이고, 허초와 실초를 구분하지 못해 어지럽기도 했다.

'맞으면 옷이 찢어져!'

어지간하면 옷이 상할까 봐 살짝 닿는 것조차 싫어서 죄다 피하고 있으니 스스로도 피곤했다.

변인이 결코 약한 게 아니었다. 시야 외곽에서 날아오는 권풍은 섬뜩했고, 빈틈을 찾기 어려울 정도로 공격의 조합이 다양했으며 따로 몸을 빼낼 공간이 없을 만큼 권역이 치밀했다.

하연홍의 말대로였다. 선수를 빼앗기니 느물거리는 지네가 들러붙은 것 같은 압박이 느껴졌다. 조금씩 숨 쉴 수 있는 공기가 줄어들며 몸이 오그라드는 듯했다. 억지로 떨어뜨리려 했지만 쉽지 않았다.

다행이라면, 장건은 얼마 전에 비슷한 경험을 한 적이 있다는 점이었다.

그때에도 지금처럼 날아드는 무시무시한 날붙이들을 피하고 거두어 마무리한 적이 있었다.

장건은 그때의 경험을 되새기며 안력을 끌어 올렸다.

핏! 핏!

아주 잠깐 집중을 놓쳤을 뿐인데 어깨와 팔뚝이 후끈해졌다. 완전히 피하지 못하고 살짝 스쳐 지나간 것이다.

변인은 승기를 잡았다 생각했는지 한층 가열하게 공격을 시도했다. 수십 개의 주먹이 장건을 뒤덮었다.

변인은 본래 주먹질에 일정한 규칙을 두지 않았다. 그래서 공격을 예측하기 어려웠고 대비하기가 벅차 틈을 노릴 수가 없었다. 하나 공세를 끌어 올리다 보니 저도 모르게 한 번 펼쳤던 초식을 다시 펼치게 되었다.

익숙한 궤도의 주먹질이다 싶은 그 순간.

마치 세상이 정지된 듯 멈추면서 장건의 눈에 수많은 선들이 보였다.

허량이 날붙이들로 장건을 옭아맸을 때와 같았다. 날붙이와 이어진 공력의 줄을 내공을 담아 내지르는 변인의 주먹 궤도라고 생각하면 다를 게 없었다.

실뜨기를 할 때처럼 장건은 그 틈으로 불쑥 손을 집어넣었다. 그것은 매우 미묘하고 적절한 찰나여서 변인은 순간 기겁하고 말았다.

'아차!'

자신이 성급하게 굴다가 무심코 같은 초식을 두 번이나 사용한 걸 깨달았다. 그리고 장건이 그 사이에서 틈을 발견한 게 분명했다.

변인이 실수를 깨달았을 땐 이미 장건의 손을 피하기가 어려운 상태였다. 언제 손을 뻗었는지도 모르게 아무것도 없는 공간에서 갑자기 손만 툭 튀어나온 형태였다.

장건의 손이 공간을 휘젓듯 움직였다. 변인의 왼팔이 휘말렸다. 팔을 붙들린 건 아니었지만 장건이 이끄는 대로 움직이지 않으면 팔이 꺾일 터였다. 어쩔 수 없이 팔을 내주며 좌우로 움직여 흐름을 탔다. 그러다가 틈을 봐서 왼발로 장건의 발목을 걸어찼다.

하지만 장건이 팔을 가볍게 내리누르자 어깨가 눌렸다. 변인은 발로 차다 말고 몸을 틀어 넘어질 걸 막았다. 거센 강물의 한가운데 떨어진 듯 변인은 힘의 흐름을 견디지 못하고 장건의 주위를 몇 차례 돌면서 겨우 힘을 해소했다. 여전히 어깨는 제압당한 채였다.

장건은 제자리에서 방향만 바꿀 뿐 한 걸음도 움직이지 않는데, 자신은 팔이 붙들려서 이리저리 끌려 다닌 꼴이었다.

'금나수법? 소림사의 용조수?'

겨우 두어 수만에 자신을 궁지로 몰아넣는 그런 고도의 금나수가 있다는 건 들어 본 적도 없었다.

바로 장건이 얼마 전에 배운 태극 대합일이었다. 태극경으로만 따지자면 최고수인 환야 허량과도 비슷하게 동수를 이룬 장건이다. 거기에 용조수의 수법이 더해져서 훨씬 완벽해졌다.

바닥에는 변인이 끌려 다니느라 질질 끌린 자국과 발자국들이 일그러진 태극의 모양을 하고 있었다.

태극 대합일을 완벽하게 대성한 것도 아니면서 그 역시 장건식으로 소화되어 있었기 때문에 변인은 무슨 수법인지 쉽게 알 수가 없었다.

변인이 이를 악물었다.

두둑.

왼쪽 어깨를 스스로 탈구시키자 몸이 자유를 찾았다. 변인은 즉시 오른 주먹으로 장건의 명치를 쳤다. 장건이 다시 팔을 휘저었다. 팔만 뻗으면 닿을 지근거리였는데도 변인의 주먹은 장건을 빗나갔다.

타타탓.

잠깐 사이에 뭐가 번쩍하고 눈앞으로 오간다 싶더니 변인은 자신의 오른팔마저 붙들리는 게 느껴졌다.

'크윽!'

이대로면 꼴사납게 지고 만다.

위기감이 들었다. 장건의 공세에 말려 내공을 제대로 운용하지 못하니 호흡이 엉키고 기혈이 끓었다.

변인은 내상을 각오하고 억지로 단전을 열었다. 형산파의 고유 지식법(止息法)을 통해 수태음폐경을 자극하고 내공을 응축시켜 순간적으로 목을 틔웠다.

머리를 온통 울리며 거대한 소리가 터져 나왔다.

크어엉!

형산파의 사자후인 호포효(虎咆哮)였다.

짐승의 포효가 울리자 장건도 깜짝 놀랐다. 내공이 담긴 소리가 장건의 바로 앞에서 터졌다. 포효에 담긴 공력이 폭발하며 그 여파로 장건을 세차게 떨리도록 만들었다.

장건은 두어 걸음이나 물러섰다. 충격을 받아 멈칫거렸다. 윙윙거리면서 귀가 울리고 땅이 춤을 추듯 흔들렸다.

변인은 그 사이 몸을 빼내고 왼팔을 털어서 빠진 어깨를 다시 맞추었다. 무리한 탓에 내상을 입어서 입가에 피가 흘러내렸다.

이쯤 했으면 장건의 실력을 인정할 수밖에 없었다. 옷깃 한 번 건드리지 못하고, 제대로 장건의 무공도 알아보지 못한 채 되레 당하기만 할 뻔했다. 등줄기에 소름이 다 돋았다.

'어떻게 이런 어린 녀석이…… 강호의 소문이 헛것이 아니었구나.'

좀 더 해 보면 어떻게 해 볼 수 있을지도 모르나 내상을 입어서 시간을 끌수록 자신만 불리해질 터였다.

'안 되겠다. 적당히 물러서야…….'

보통은 이쯤 했으면 후배가 알아서 물러서 줘야 둘 다 체면이 사는 법이었다.

'잘 배웠습니다.'라고 하면 선배가 '강호에 새로운 별이 떴으니 나는 이제 심산유곡에 몸이나 묻고 살아야겠네. 껄껄껄.' 하면서 적당히 보기 좋게 마칠 수 있는 것이다.

하나 변인이 장건을 보니, 장건은 어느새 호포표의 여파에서 벗어났는지 자세를 추스르고 무언가의 기수식을 하고 있었다.

그만둘 생각이 전혀 없어 보였다!

'저 후레자식이?'

변인은 대여섯 걸음 떨어져 있는 지금, 장건이 백보신권을 펼치기 가장 좋은 때라는 걸 깨달았다.

'백보신권? 오냐, 거기까진 해야 그만두겠다? 그럼 어디 한번 해 봐라.'

적어도 이번까지는 끝나야 그래도 체면치레를 하며 물러날 수 있을 것 같았다. 변인은 내상을 도외시하고 내공을 끌어올렸다. 전신의 감각이 곤두섰다.

이어 남들이 눈치 못 채도록 몰래 호신기공까지 둘렀다. 내상을 좀 입었으나 장건이 자신의 내공보다 월등하진 않을 터, 이렇게 호신기를 둘러 두면 설사 정통으로 맞는데도 큰 충격을 받지 않을 것이었다. 그뿐 아니라 혹시 몰라 대응으로 한 가지를 더 준비했다. 용천혈에도 내공을 잔뜩 응축해서 최고의 반응속도로 신법을 펼칠 수 있도록 하였다.

백보신권이 아무리 빠르고 뛰어나도 뻔히 예상하고 있는

상태다. 장건이 공격의 조짐을 보이는 순간 온몸을 호신기로 두른 채 최고의 신법으로 피해 버리면 그만이다.

'와라!'

변인은 만반의 태세로 장건에게 집중했다. 안법을 써서 장건의 몸 전체를 담았다.

장건이 어디를 노리고 있는지 확인하기 위해 장건의 눈동자도 살폈다. 아무리 실력이 좋아도 안법이 익숙하지 않거나 비무 경험이 일천한 이들은 시선 관리를 못 하기 마련이다. 자기가 공격할 곳을 자꾸만 쳐다보거나 그 부위를 일부러 외면하거나 해서 티를 내고 만다. 하여 하수와 상대할 땐 시선만 봐도 어디를 공격할지 안다고 했다.

그러나 변인은 장건의 눈동자를 보고는 당황했다.

흠칫!

'사팔이냐?'

아까까지 멀쩡하던 장건의 눈이 지금은 사팔이 되어 있었다.

'교활한 놈······.'

일부러 시선을 가리려 저런 눈을 한 것일 터. 변인은 자신의 생각보다 장건이 더 대단할지도 모른다고 생각했다. 무식하게 무공만 센 게 아니라 저런 치밀함을 가진 머리까지 있다니.

변인은 마음을 굳게 먹었다.

장건의 기수식은 생각보다 느릿하게 끝났다.

울렁.

느껴졌다.

변인은 강호에서 내로라하는 고수다. 감각마저 극도로 끌어 올린 상태라 미세하지만 기의 유동이 생긴 걸 분명히 느꼈다. 공기 중의 기가 장건이 공력을 펴부을 준비를 하고 있다고 파장으로 알려 준다.

변인은 고도의 집중력을 통해 장건이 아주 미세하게 움찔하는 모습을 보았다.

'지금이다!'

변인이 막 뛰려하는데 장건은 처음 움찔한 이후 별다른 동작을 하지 않았다.

'어?'

기의 파장은 크게 울렁이고 있는데?

변인은 발돋움을 하다 말고 어중간한 상태에서 갈등했다.

장건은 기수식을 통해 기의 가닥에 더 많은 힘을 보태었다. 변인의 위기가 매우 단단해 보였기 때문에 몇 가닥을 꼬아서 강력한 기의 가닥을 만들었다.

그리고 한껏 똬리를 틀도록 당겼다가 변인의 관자놀이 즈음을 지나고 있는 위기의 덩어리를 향해 휘둘렀다. 평소였으면 그냥 그렇게 하고 말았을 장건이었다.

그러다가 이젠 그렇게 하지 않기로 한 걸, 기의 가닥을 휘두른 직후에 기억해 냈다.

'아참. 까먹을 뻔했네.'

장건은 허초를 위해 주먹을 내밀었다. 기의 가닥으로 공격한 것과 전혀 별개로 아무 의미 없이 대충 주먹을 내민 것이었다. 한데 하고 보니 스스로도 너무 성의 없다는 생각이 들어서 내밀다 말고 멈췄다. 그러곤 다시 기수식으로 돌아왔다가 금강권의 형태로 좀 더 성의를 담아 주먹질의 흉내를 냈다.

변인은 어정쩡하게 뛰려다 말았는데 그제야 장건이 주먹질을 하는 걸 보았다. 주먹의 방향이 자신의 복부 아래 단전을 노리고 있었다.

"하앗!"

변인은 장건의 주먹이 채 펴지기도 전에 기합을 지르면서 날랜 호랑이처럼 뛰어올랐다. 아니, 뛰려고 했다. 살짝 뜬 상태이기도 했다.

그런데 장건이 주먹질을 하다 마는 게 아닌가!

'저, 저런!'

변인은 막 몸을 위로 띄우려다가 말고 천근추의 수법으로 몸을 가라앉혔다. 급하게 뛰다 말다 해서 기혈이 꼬였다.

울컥.

핏물이 치밀었다.

'망할! 저 영악한……'

욕을 할 틈도 없었다. 장건이 다시 백보신권을 전개한 것이다. 이번엔 명치께였다.

변인은 비릿한 피를 삼키며 한 모금의 진기를 겨우 짜내어 다시 뛰었다.

"타하앗!"

그런데 뛴 순간에 뭐가 날아와 머리에 부딪쳤다.

빠각!

막 땅에서 한 치 정도 뛴 순간에 벌어진 일이었다.

변인의 고개가 획 돌아갔다.

'어?'

하늘과 땅이 빙그르르 돌았다.

이번엔 또 무슨 일이 일어난 거지?

변인은 마구 몸이 돌아가는 그 순간에도 장건을 쳐다보았다. 장건은 그제야 막 주먹을 끝까지 내민 상태였다.

'어어어?'

어딘가 앞뒤가 안 맞는다는 생각이 들었다. 자기가 얻어맞고 난 후에야 장건이 주먹질을 한 셈이다.

'왜 주먹을 다 펴기도 전에 맞았지?'

백보신권이 채 전개되기도 전에 뛰어 피했는데 맞았다는 건 뭔가 이상하지 않은가? 그건 눈 한 번 깜박할 정도에 버금가는 미묘한 시간적 차이였지만, 그래도 이상한 건 이상한 일이다.

게다가 자기가 맞은 부분은 장건이 주먹을 내민 쪽하고는 전혀 다른 방향이었다!

쿠당탕.

변인은 널브러진 허수아비처럼 만(卍)자 모양으로 땅바닥에 처박혔다.

그 상태로 변인은 움직이지 않았다. 정신을 잃지는 않았지만 왠지 모르게 나른한 데다 창피하기까지 해서 일어날 수가 없었다.

"저, 저런!"

지켜보던 장로들의 입이 쩍 벌어졌.

단 한 번의 주먹질에 변인이 고꾸라진 모습을 똑똑히 보았다.

전진파의 원로를 가볍게 제압했던 변인이다. 삼안 오공권의 흑풍객이면 우내십존급에는 못 미쳐도 지금 이곳에 있는 이들 중에는 거의 한 손에 꼽을 정도의 고수였다.

그런 고수가 백보신권 일초를 견뎌 내지 못했다.

일초지적조차 되지 못한 것이다!

수백 명이 모인 관도가 침묵으로 가득한 때에, 소녀들만이 신나서 외쳤다.

"와아!"

"오라버니 만세!"

"역시 장 소협이 최고야."

형산파의 오대 고수 중 한 명을 상대로 단 일 수도 허락하지 않으면서 되려 일초로 쓰러뜨렸으니, 이제 장건은 강호 무림에 더욱더 확실하게 이름을 각인할 수 있게 되었다.

장건은 비무가 끝나고 나서 가볍게 한숨을 내쉬었다.

"휴우."

변인이 가진 위기의 덩어리가 타격을 받아서 색이 옅어져 있었다. 변인의 내공이 워낙 깊어서 위기도 그만큼 단단했다. 원호와 겨룰 때보다 파괴력이 급상승해 있었지만 기의 가닥만으로는 이 정도가 한계였다. 변인이 대처 방법을 조금이라도 알고 있었거나 당황하지 않았다면 이렇게 쉽게 당하진 않을 수도 있었다.

'역시 일정 이상의 내공을 가진 고수들에게는 백보신권만으론 어렵겠구나.'

그래도 서로 죽자고 싸우는 것도 아닌데 이 정도면 승부를 가리기엔 충분했다.

약간의 시간이 흐른 후에 변인이 처량한 모습으로 추섬주섬 일어났다. 시무룩한 표정으로 툭툭 장포에 묻은 흙을 턴다.

장건이 그 앞으로 다가가 합장했다.

"좋은 비무였습니다."

변인도 마지못해 포권했다.

"내 오늘 소림소마의 명성이 헛되지 않았……다는 걸 알게 되었구나……."

힘없는 목소리여서 장건은 조금 미안한 마음이 들었지만, 허량의 말에 따르면 이것도 잠시 뿐이라지 않은가. 한번 졌다고 끝나는 게 아니라 계속 덤비고 그런단다.

그러면 장건도 골치가 아파진다. 하여 나중에까지 그런 일을 당하기 싫어서 굳이 지금 이걸 하고 있는 중인 거다.

장건은 굳게 마음을 먹었다. 나중을 위해 지금의 미안함을 참아야 한다.

이윽고 장건이 품을 뒤적여서 각서를 꺼냈다.

"그럼, 죄송하지만 수결해 주시겠어요?"

"……하아."

변인은 싫다는 말도 못 하고 각서를 받아 들었다. 자존심이 엄청 상해서 빨리 숨어 버리고 싶은데, 또 동시에 마음 한편으로는 '에라, 아무래도 좋다.' 싶은 것이…… 묘한 기분이었다. 어디든 가서 한잠 자고 나야 할 것 같았다.

하지만 장건에게 꼭 묻고 싶은 게 있었다.

"방금 그것은……."

장건이 기운차게, 하지만 한편으로는 조금 망설이는 투로 대답했다.

"백보신권입니다."

"으음."

변인은 무거운 눈꺼풀 때문에 각서 내용도 제대로 읽지 못하고 고개를 끄덕이며 수결을 했다.

장건은 한 장의 각서를 챙기고 다른 한 장은 변인에게 내주었다. 뿌듯하면서 한편으론 든든하기도 하다.

기분이 좋아진 장건이 의도치 않게 명랑한 말투로 관중들을 보며 말했다.

"또 하실 분 안 계세요?"

장건이 두어 번을 물었지만 아무도 나서지 않았다.

방금 백보신권(?)의 위력을 모두가 보았기 때문이다.

서가촌을 찾아온 문파의 장로들은 난감한 상황에 처했다.

장건이 생각보다 너무 강했던 것이다.

아무리 그래도 그렇지 소문이 과하다는 생각이었는데, 이게 웬걸? 직접 보니 소문이 외려 못했다.

장건의 수법에 대항할 방법을 찾은 이가 한 명도 없었다. 이대로 그냥 비무를 진행했다간 줄줄이 바닥에 얼굴을 처박게 생겼다.

흑풍객 한 명이 아니라 찾아온 문파들이 죄다 차례로 그런 꼴이 된다면 그 얼마나 웃긴 꼴이 되겠는가!

아무리 은밀하게 서가촌으로 왔대도 소문을 막을 수는 없는 법이다. 거대 문파와 세가의 장로들이 죄다 장건 한 명에게 무릎 꿇었다는 얘기가 강호에 소문난다면 비웃음거리가 되기 딱 좋다. 문파들의 체면이고 명예고 시쳇말로 개박살이 나고 말 터였다. 그것은 어떤 의미에선 상호 불가침의 각서를 체결하지 아니한 것만 못한 일이 될 수도 있다.

"끄응!"

장로들은 마음이 답답해졌다.

분명히 개인적인 비무 모양새로 왔는데 어느샌가 거대 문파 대 장건이라는 한 덩어리의 운명체가 되고 만 것이었다.

차라리 이 순간, 장건에게 패배하여 침울해져 있는 변인이 부러울 지경이었다.

　　　　　＊　　　＊　　　＊

　문파의 장로들은 삼삼오오 모여 대책을 강구했다.
　"괜찮겠소?"
　"그럼 이대로 곱게 돌아가리까? 흑풍객이 패하는 걸 보고 겁이 나서 달아났다는 소리나 듣고 싶소?"
　"하긴 각서를 체결하는 임무도 무시할 순 없으니……."
　"각서도 그렇지만 천문비록도 마찬가지요. 소림소마가 저렇듯 강하니 자신 있게 천문비록을 내세운 것 아니겠소? 그렇다는 건, 천문비록의 가치가 생각보다 높다는 얘길 수도 있소이다."
　"허! 정말로 그렇군요."
　"한시가 급한 일이오. 최대한 빨리 지원을 받아야 저쪽에서 우왕좌왕하고 있을 때, 눈치채지 못하게 일을 마칠 수 있을 거요."
　"알겠소. 그렇게 합시다. 본파도 협력하겠소."
　장로들은 서로 눈빛을 교환했다.
　그들이 생각한 대책이란, 다름 아니라 본산에 최고수의 파견을 요청하는 것이었다.
　본산의 최고수가 온다면 상황은 지금과 많이 달라질 터였다. 하다못해 상대 문파의 장로들을 무력으로 내쫓는 것도 가능해질 수 있었다.

그런 생각은 전진파의 호관평 역시도 마찬가지였다. 형산파의 변인에게 호된 꼴을 당한 것이 억울하기도 했고 다른 문파의 장로들이 자신을 홀대한 것도 마음에 남았다. 이대로 물러설 수 없다는 생각이 들었다. 저들에게 전진파의 진정한 힘을 보여주어야 다시는 전진파가 업신여김을 당하지 않을 것이다.
호관평은 제자가 달여 온 내상약을 들고 말했다.
"죽림옹(竹林翁)을 모셔야겠다."
전진파의 제자가 깜짝 놀랐다.
"그분이라면!"
죽림옹은 전진팔우검(全眞八牛劍)을 익힌 전진파의 최고 고수다.
전진팔우검은 도가의 수행에 관한 여덟 장의 소 그림을 일컫는 팔우도(八牛圖)에서 비롯된 검법으로, 그만큼 전진파의 정수가 담긴 무공이라 할 수 있었다.
죽림옹은 뒤늦은 나이에 대나무 숲에서 전진팔우검을 대성하여 죽림옹이라 불리기 시작하였는데, 그가 이십 년만 더 빨리 대성하였더라면 전진파의 미래가 바뀌었을 거라는 말까지 돌았다.

"사형이 오시는 날이 저들의 제삿날이 될 거다."

호관평은 이를 갈았다.

서가촌이 술렁이기 시작했다.

몇몇 문파, 특히 전진파에서 죽림옹이 온다는 사실이 알려졌다.

여러 문파의 장로들은 사태가 심상치 않다는 걸 충분히 인지했다.

비록 우내십존과는 격차가 있다고 하나 죽림옹만 해도 전진파의 최고 고수였다. 어디에서든 일인자라는 호칭은 결코 함부로 붙일 수 있는 게 아니었다. 남들보다 월등히 뛰어나기 때문에 일인자로 남아 있을 수 있는 것이다.

그런 죽림옹이 서가촌으로 온다면 자신들로서는 역부족이다. 순번 문제는 물론이고 심지어는 그냥 쫓겨날 수도 있었다. 전진파와는 이미 시비를 튼 상태니까 거의 무조건 충돌이 생긴다고 봐야 했다.

특히 남궁가는 더 염려스러운 게, 공동파가 전진파와 같은 도가일맥이라는 점이었다. 공동파도 관부로부터 받은 탄압이 적지 않았으나, 남궁가를 먼저 잘라내기 위해서 전진파와 손을 잡을 수도 있었다. 그러지 말라고 누구도 장담할 수 없었다.

 하여 남궁가의 노고수는 부끄럼을 무릅쓰고 본가에 고수를 요청했다. 만일 공동파가 전진파와 손을 잡지 않으면 본가에서 온 고수와 공동파를 치면 되니 결코 헛일이 아니었다. 장건과 비무하지 못하게 공동파의 장로에게 부상을 입혀 버리면 공동파는 자동적으로 떨어져 나갈 테니 그야말로 일석이조가 아니겠는가!

 하지만 당연히 공동파 역시 같은 생각을 했다. 남궁가보다는 조금 늦었으나 남궁가에서 움직이는 걸 보고 바로 직감했다. 어차피 검왕은 행방불명. 그 밑의 고수끼리 싸움이라면 공동파도 밀릴 건 없었다. 그래서 공동파의 장로도 급히 본산에 지원 요청을 보냈다.

 다른 문파의 장로들이라고 가만히 있지 않았다. 그들도 각자 본문에 연락을 취했다.

 이제까지 서로 순번 때문에 티격태격하면서도 실제 칼질로까지 이어지지 않았던 것은 괜히 서로 싸웠다가 양패구상하여 다른 문파들에 좋은 일이나 시킬까 봐 염려가 되어서였다.

 그러나 균형이 무너지면 얘기가 달라진다.

 어느 한쪽의 무력이 훨씬 강하면, 대화보다는 무력으로 해결하는 경향이 생긴다. 피해 없이 상대를 이길 수 있다면 어떤 명분을 세워서라도 무력을 쓰려 하게 된다.

별 수 없이 상대방에게 침해당하지 않으려면 자신 역시 무력을 가져야 했다. 조금 모자라더라도 상대에 버금가는 무력이 있어야 한다. '날 건드리면 너도 멀쩡하진 못할 거다'는 식의 보여 주기 위한 무력이 필요한 것이다.

꼭 경쟁 상대에 있는 문파의 고수를 이길 수 있는 고수가 필요한 게 아니었다. 적어도 상대에게 치명적인 일격을 가할 수 있는 실력을 가진 고수만이라도 있으면 되었다. 그래야 억지력(抑止力)이 작용하여 최소한의 안전을 지킬 수 있었다.

그래서 결국.

어떤 이는 경쟁 상대가 있는 문파를 제거하기 위해, 또 다른 이는 상대 문파가 고수를 데려왔을 때 함부로 하지 못하도록 견제하기 위해…… 혹자는 천문비록을 가장 먼저 손에 넣기 위해.

그렇게 각자의 이유로 본문에 고수의 파견을 요청하기 시작했다.

서가촌에서 다시 한 번 대량의 전서구가 날아올랐다.

제8장

어긋난 계획

전서구를 받은 문파들은 난리가 났다.

일반 제자가 지원 요청을 해도 중한 사안으로 보는데 장로급이 지급으로 지원 요청을 하였으니, 문파가 뒤집어질 만도 하였다.

청해의 곤륜파.

딱히 어딘가와 원한을 짓고 지내 오지 않았던 곤륜파 역시도 이번 일에 빠질 수 없었다.

"뭐? 누구?"

"죽림옹이랍니다."

"전진파가 이번 일에 사활을 걸 정도로 문파 사정이 좋지 않았던가?"

"그게 아니라 서가촌의 상황이 그렇게 변해 가고 있다 합니다. 이번 기회에 마음에 들지 않았던 문파들을 아예 배제시키려 하는 움직임이 있다는군요."

"그럴 만도 하지. 하지만 그렇다고 문파의 최고 어른을 파견한다는 건 지나친 처사 같네."

"저희도 손 놓고 있을 때가 아닙니다. 남궁가에서 시비를 걸어오는 바람에 신 장로께서 어쩔 수 없이 공동파와 힘을 합치기로 하셨답니다. 검왕은 행방불명이지만, 남궁가에서 창천이로(蒼天二老)가 지원을 나온다면 신 장로께서 홀로 감당하기 어려우실 겁니다."

"으음. 창천이로라면 우리도 태청 사백께서는 나서셔야 한다는 얘긴데 등선을 준비하고 계신 분께서 나서 주시려는가 모르겠네."

"일전에 제마보 사건 때문에 남궁가는 공동파와 불구지천의 원수지간이나 다름없는 관계가 되었습니다. 우리가 공동파와 같은 배를 탄 이상, 남궁가와의 대립은 필연입니다."

"대체 어쩌다가 일이 이 지경까지…… 쯧쯧."

곤륜파의 장문인이 고개를 설레설레 저었다.

"알았네. 내 사백께 부탁드려 보지."

또 다른 문파에서는,

"뭐? 누가 와?"

"죽림옹, 태청진인, 창천이로를 비롯해서…… 문파의 최고수분들이 죄다 나서신다고 합니다."

"한바탕 잔치라도 하려나? 그러면 나도 빠질 수 없지."

"사백님께서요?"

"이젠 방해할 열 명의 노괴수들도 없는데 뭐 어때서. 죽기 전에 신나게 칼춤 한번 뛰는 것도 나쁘진 않겠지."

그렇게 문파의 최고수들이 무거운 엉덩이를 떼었다.

우내십존이 사라진 강호 무림은 거대 문파와 세가에도 영향을 끼쳐 새로운 국면을 만들고 있었다.

* * *

강호 무림은 수십 년 만에 활기에 차 있었다.

정작 강호 무림을 지탱하는 기둥이나 다름없는 거대 문파는 거의 움직이지 않고 있었기에 지금의 상황이 단순히 표면에서 일어나는 혼란에 불과하다 비판하는 이들도 있었으나, 또 한 편으로 중소 문파야말로 강호 무림의 근간을 이루는 뿌리라 옹호하는 쪽도 있었다.

어느 쪽의 말이 옳건 간에 중소 문파들은 모처럼 찾아온 기회를 놓칠 수 없었다. 모두가 가진 바 최대의 역량을 집중하여 세력을 넓히고 이름을 알리려 애를 썼다.

매일매일 크고 작은 무관과 문파들이 생겼다가 사라지고 문파의 간판과 소속이 바뀌었다.

어느 정도 시간이 지나면서 유독 특출한 몇몇 문파들을 기준으로 세력이 결집되는 양상을 보이고 있었으나, 아직 완전히 질서가 정리되었다고는 할 수 없었다.

그중에서 육검문은 가장 많은 문파를 규합하여 전체의 사할에 이르는 거대한 덩치에 이르러 있었다. 강호에서 가장 많은 문파들이 밀집된 화동(華東)과 중남(中南)의 노른자위를 장악했다. 이제는 거대 문파라 하더라도 섣불리 육검문을 건들기 어려운 지경이었다.

또한 사천 무인 연합은 다른 지역과 달리 거대 문파에 속하는 당가와 아미파를 필두로 중소 문파들까지 똘똘 뭉쳐 있어서 독립적으로 하나의 덩어리를 이루었다. 그 위세가 운남과 귀주까지 뻗어 누구도 무시 못 할 만큼 단단했다.

거대한 두 세력과 달리 상대적으로 남쪽은 무주공산이라는 말이 돌고 있을 만큼 특별한 세력이 두각을 드러내지 않았다. 그러나 그것은 힘센 문파가 없기 때문이 아니었다. 누군가가 이름을 날린다 싶으면 즉시 찾아가 박살을 내고 있는 천룡검문의 고현 때문이었다.

남부에서는 고현을 쓰러뜨릴 실력을 갖춰야만 비로소 세를 확장할 수 있었다. 하나 고현은 말도 안 되게 강했다. 근 몇 달 동안 치른 백여 번의 비무에서 단 한 번도 진 적이 없었다. 오히려 시간이 지날수록 더 강해지고 있다는 평이었다. 남부 무림에서 고현은 가히 최강자로 손꼽히고 있었다. 오죽하면 고현 때문에 타 지역의 세력이 남부를 넘보지 못한다고 해서 남부의 수문장이라고까지 불렸다.

 육검문과 사천, 남부 무림에 비해 북방의 세력 다툼은 다른 어느 곳보다도 치열했다. 오랜 전통을 지닌 태을문이 이미 오랜 기간 뿌리를 박고 있던 텃밭에 신흥 문파인 은앙종이 도전장을 던진 탓이었다. 지역에서 압도적인 지지를 얻고 있는 태을문이었으나 은앙종의 힘이 신흥 문파치고는 너무 뛰어났기 때문에 연일 호각지세가 이어졌.

 그렇게 중소 문파들의 강호는 크게 다섯 개의 세력으로 나뉘어져 무림을 차지하기 위한 치열한 각축전을 벌이고 있었다.

* * *

 탁자 위에 한가득 보고서가 쌓여 있다.
 강호 현황에 대한 정보가 적힌 보고서들이었다.

야용비는 아무렇게나 의자에 걸터앉아서 보고서를 읽다가 혼잣말처럼 중얼거렸다.
　　"태을문에 새로이 세 개의 문파가 가세했다네요?"
　　냉고사가 보고서 읽기를 잠시 멈추고 대답했다.
　　"저항이 만만치 않은 모양입니다."
　　"당연히 그래야죠. 저항을 안 하면 어쩌나 고민했는데, 해주니 다행이네요."
　　야용비가 빈 죽편(竹片)을 들고는 붓으로 글자를 써 넣은 후, 죽편을 바구니에 던져 넣었다. 바구니 안에는 각지로 보내야 할 명령을 적은 죽편이 잔뜩 담겨 있었다.
　　"은앙종에 이개 조를 더 투입해서 전력을 맞추도록 하죠."
　　"이번에도 아쉬워할 사람이 있겠군요."
　　야용비가 킥킥대며 웃었다.
　　"좀이 쑤셔서 어쩔 줄 모를 광혈풍을 생각하니 웃음이 절로 나네요. 하지만 어쩔 수 없죠. 다른 곳에서도 너무 잘해주니까 광혈풍이 나설 데가 없는걸요."
　　냉고사가 살짝 미간을 찡그렸다.
　　"확실히, 소림사 이후 너무 잘되어 가고 있지요. 이럴 때일수록 주의를 기울여야 할 것 같습니다."
　　"나도 솔직히 이 정도로 잘될 거라고는 예측하지 못했어요. 천룡검주의 무위가 우리 예상치를 넘어서고 있는 것 같아요."

"차후에 문제가 될 정도는 아니라고 생각합니다만, 염두에 둘 필요가 있을 겁니다."

"우릴 대신해 전면에 나서야 할 자인데 지금은 그대로 두죠. 아직까지는 우리 계획 안에서 잘 움직여주고 있으니까요."

야용비가 다음 보고서를 들어 읽었다.

"자, 그럼 보자. 다음…… 어?"

서가촌에 대한 보고서였다. 서가촌에 천문비록이 있는 것으로 알려져 비밀리에 각 문파의 원로들이 모여들었다는 정보다. 모인 시간은 한 달이 넘었는데 이제야 천문비록에 대한 얘기가 알려졌다는 것이다.

야용비는 어이가 없는 표정을 했다.

"도대체 서가촌에서 무슨 일이 일어나는 거죠? 왜 하필 또 전승자가 있는 데에서…… 아니, 그건 그렇다 쳐도 한 달이 넘었는데 이제야 이따위 보고서를 보내면 어떡해?"

냉고사가 말했다.

"거대 문파의 고수들이 잔뜩 모였다면 본궁의 무사들이 쉽게 잠입하기 어려웠을 겁니다. 육검문의 제자들로는 한계가 있으니까요."

천문비록이 사실상 거대 문파에는 큰 관심거리가 아닐 수 있다. 하지만 북해빙궁에는 유용하게 쓰일 수 있었다.

"좀 탐나는데……."

야용비가 살짝 침을 삼키자, 냉고사가 죽편 하나를 야용비에게 건넸다.

"이것부터 먼저 보시지요."

야용비는 냉고사가 건넨 죽편의 내용을 훑고서는 눈을 크게 떴다.

"앗!"

자기도 모르게 벌떡 일어섰다.

"서장 뇌음사(雷音寺)와 신강의 야율본(耶律本)이 고수들을 급파했다고? 이게 사실이야?"

"그렇습니다. 세 번의 확인을 거쳤습니다."

"젠장! 이것들 뭐하자는 수작이지? 약속한 시간보다 너무 빠르잖아!"

야용비는 짜증 나는 얼굴로 죽편을 던져 버렸다.

"망할! 아직 태을문과 은앙종의 분위기가 무르익지 않아서 벌써부터 모습을 드러내면 괜히 강호 무림이 쓸데없는 경각심만 갖게 될 게 뻔한데…… 아, 정말 미치겠네."

보통 강호인들이 새외 세력을 철천지원수를 대하듯 본다는 걸 생각하면 현재 상황에서 그들이 섣불리 움직이는 게 얼마나 이목을 집중시킬지 뻔한 일이었다.

냉고사의 표정도 신중해졌다. 약속을 지키지 않고 움직여서 계획에 차질을 생기게 만든 것도 위험한 일이거니와 어딘가 수상쩍은 일이기도 하다.

 "다른 속셈을 품고 오는지 감시해야겠습니다."
 "아니, 당장 사람을 풀어서 그들을 찾으세요. 협상을 위해서든 뭐든 일단은 최대한 강호인들의 눈에 띄지 않도록 이쪽으로 데려오는 게 좋겠어요."
 "그리하겠습니다."
 냉고사가 죽편이 든 바구니를 들고 나가려다가 멈추었다.
 "관부에는……"
 야용비는 잠시 생각했다가 포기한 듯 한숨을 내쉬었다.
 "알려 주세요. 이런 일은 감춰봐야 독이 될 뿐이에요."
 "알겠습니다."
 냉고사가 방을 나갔다.
 전혀 생각지도 못한 데에서 엉뚱한 일이 터졌다.
 야용비가 짠 계획에 따르면 새외 세력은 약 반년 후에나 강호에 들어왔어야 했다.
 한데 반년이나 빠르게 들어온 것이다.
 이게 무얼 의미하는 걸까?
 '이해득실!'
 야용비는 입술을 잘근 깨물었다.

만약 새외 세력의 이른 진입이 수지타산을 따진 행위라면, 그러니까 자신들의 이득을 위해 욕심을 부린 것이라면 그건 정말로 위험한 일이 될 터였다.

무조건적인 파괴와 복속 등의 정복 행위가 아니라 원하는 바를 얻기 위해 세력 간에 미묘한 균형을 맞추어야 하는 지금, 불확실성이란 생겨서는 안 될 불안 요소였다.

특히나 새외 세력을 미끼로 강호 무림을 사분오열시키려는 의도를 가지고 있던 야용비에게는 더욱더.

*　　*　　*

종암은 홀로 허름하고 평범한 복장을 한 채 길거리 노점에 앉아 식사를 시켰다. 노점의 숙수가 큰 사발에 건더기가 담긴 국물을 한 국자 듬뿍 담아 거기에 향채를 잔뜩 얹어 주었다. 양장탕(羊腸湯)이라고 해서 양 내장을 넣은 탕 요리다.

종암은 묵묵히 사발을 들어 국물을 마시고 고기를 씹었다. 평범한 동네 노인이나 다름없는 행색이라, 무림에서 무이포신으로 불리는 무적자(無敵者)이며 황제의 총애를 받는 어사처럼 생각되지 않는다.

한데 갑자기 종암의 옆에 장대한 체구를 지닌 노인이 와 앉았다. 값비싼 비단 옷을 걸치고 있어 노점에서 저렴한 식사를 할 만한 신분은 아닌 이었다.

유장경이다. 보기만 해도 사람을 주눅 들게 만드는 그의 위압적인 눈빛에 숙수가 절로 몸을 움츠렸다.

"또 그걸 먹는 거요?"

유장경이 물었지만 종암은 묵묵히 젓가락을 놀릴 뿐이었다. 어차피 유장경도 대답을 바라고 물은 건 아니어서 신경 쓰지 않고 종암이 먹는 것과 같은 탕을 주문했다.

"여기가 그렇게 맛이 좋소? 늘 이곳에서 혼자 식사하시는 것 같소."

종암은 불청객을 맞이한 듯 탐탁찮은 눈빛으로 유장경을 쳐다보았다.

"이곳 음식이 가장 입에 맞아 그렇다네."

"목전이 황궁이오. 이 근처는 늘 고관대작들이 지나다니기 때문에 좋은 요릿집들이 많소. 온갖 산해진미와 중원 전역의 모든 음식을 맛볼 수 있지. 하지만 그쪽은 거들떠도 보지 않으시더구려."

"무슨 말이 듣고 싶은 겐가."

"양장탕은 산동의 대표적인 요리라 하더이다. 산동이면 전진파의 발원지이고 종 형에겐 고향과도 같은 곳이지."

종암은 눈을 찌푸렸다.

"설사 그렇다 한들 자네가 상관할 일이 아닌 것 같군."

"그렇소. 그러나 큰일을 하는 사람이 자꾸만 사소한 감흥에 젖어 있으면 그 일이 제대로 돌아가지 않는 모습은 여러 번 보았소이다."

"우려하는 그런 일은 없을 걸세."

"나야 물론 종 형을 잘 알고 있으니 쓸데없는 우려 따윈 하지 않소."

유장경이 숙수에게 말했다.

"자리를 비켜 주겠나."

노점의 숙수가 황급히 고개를 숙이고는 멀찌감치 물러섰다.

그제야 유장경이 진짜 이유를 말했다.

"방금 황상을 배알하고 나온 길이오."

종암이 고개를 돌려 유장경을 응시했다.

"이제 내 할 일은 거의 끝났다고 생각하네만."

유장경이 종암의 시선을 느끼면서 슬쩍 웃었다.

"그건 종 형의 생각일 뿐이오. 종 형이 그리도 싫어하던 서류 작업이 끝났다고 다 끝난 게 아니외다."

"처음 구상대로 일이 착착 진행되고 있는데 내가 더 필요할 이유가 어디 있는가."

"황상께선 아직 불안해하고 계시오."

그 말에 종암의 얼굴이 일그러졌다.

황제의 불안.

거기에서부터 시작되었다.

종암은 과거의 어느 날, 황제가 자신을 불러 건넸던 한 마디를 생생하게 기억하고 있었다.

'무림인들도 짐의 백성인가?'

황제의 목소리는 평소와 달리 매우 무거웠고 신경질적이었으며 그 안에 일말의 두려움까지 담겨 있었다. 종암은 심상치 않다는 걸 깨닫고는 그 자리에서 부복하여 대답했다.

'그러합니다. 그들 또한 저와 마찬가지로 폐하의 백성입니다.'

황제는 노한 목소리로 부르짖었다.

'그렇다면 그들은 어찌하여 짐의 앞에 무릎 꿇지 않는가!'

종암은 아무 말도 할 수가 없었다.

백도 무림은 우내십존 이후로 수십 년간 최고의 전성기를 구가하고 있었다. 심지어 관에서도 함부로 하기 어려울 정도로 거대 문파의 입지가 대단히 확고했다.

백도 무림 스스로는 그것을 안정적이라 생각했는지 모르나, 그건 다른 의미에서 전성기 무림의 결집된 무력에 대해 황권이 위협을 느끼고 있다는 뜻에 다름 아니었다.

게다가 최근 강호에서 벌어진 일련의 일들이 황제의 심기를 건드렸다.

마침내 참다못한 황제가 그에 대한 불만을 터뜨린 것이다…….

그러나 종암은 물론이고 황제 또한 무림은 쉽게 건드릴 수 없다는 것을 잘 알고 있었다. 무림인에게 나라의 법을 강제할 수는 있으되 충성을 강요할 수는 없었다. 칼끝에 목숨을 두고 살아가는 무림인들에게 권력이 내릴 수 있는 최대의 형벌인 '죽음'은 그리 치명적이지 못했다. 괜히 반발만 사서 민란(民亂)의 불씨가 될 수도 있었다.

만약 종암이 북해빙궁을 만나지 않았더라면, 그랬다면 황제는 여전히 푸념이나 하며 무림을 방관할 수밖에 없었을지도 몰랐다.

하지만 북해빙궁의 야용비가 들고 온 계책은 그야말로 황제를 현혹시킬 정도로 솔깃하게 만들었다.

그것은 바로.

무림삼분지계(武林三分之計)!

그리고 그 핵심은 바로 '분열'이었다!

야용비의 생각은 이러했다.

일(一), 거대 문파를 배제한 상태에서 빠르게 무림을 해체하고 재조립하여 새로운 구도를 만든다.

이(二), 중소 문파들을 사, 오 개의 덩어리로 나누어서 연합체를 구성하고 거대 문파와의 대립 구도를 조장한다. 거기에 시기적절하게 관부가 조정자의 역할로 끼어들어서 균형을 맞춘다.

삼(三), 최종적으로 중소 문파 연합, 거대 문파, 관부의 삼자 구도가 정착되도록 만든다.

그러나 중소 문파 연합과 관부는 황궁의 제어하에 움직이게 될 것이므로 실질적으로는 셋 중 둘, 삼분지 이가 황궁의 지분이 된다. 결국 무림 전체가 황제의 뜻에 의해 돌아가게 되는 셈이다.

그 이후에는 무림의 힘을 점진적으로 축소시키든 와해시키든 황제의 마음대로 할 수 있게 되는 것이다.

하다못해 중소 문파 연합과 거대 문파가 적대적으로 대립하며 싸우는 동안에는 외부로 눈을 돌리지도 못할 터, 황궁의 안위마저도 보장된다. 무림의 힘을 두려워하여 굳이 병사를 동원해 무림을 말살시키려 할 필요도 없고, 그 와중에 일어날 분란이나 참사를 걱정할 필요도 없다.

말살이나 통합이 아니라 분열이라니…… 종암은 그런 방법은 생각조차 해 본 적이 없었다.

한데 왜 중소 문파들을 굳이 몇 개의 덩어리로 나누는지 의아했다.

'거대 문파와 대립시킬 생각이면 차라리 중소 문파를 완전히 통합시키는 게 낫지 않은가?' 하고 묻자 야용비가 되물었다. '거대 문파를 잡으려고 또 다른 거대 문파를 만들 셈입니까?' 하고.

굳이 통합이 아니라 연합의 형식으로 세력의 덩어리를 만드는 이유는 필요여하에 따라 언제든지 다시 나누고 합칠 수 있어야 하기 때문이었다. 게다가 그렇게 조각조각 나뉜 채 뭉쳐 있는 편이 제어하기도 쉽고 의심받을 여지도 적다. 연합이 되어 부족한 결집력은 명분을 앞세워 채워 넣게 된다.

이미 야용비는 무림삼분지계를 실현하기 위한 세부적인 방안에 대해서도 치밀하게 구상을 끝낸 상태였다.

계획을 모두 들은 황제는 홀린 듯 무림삼분지계를 승인했다. 이것은 그야말로 위험은 낮고 성공률은 높은 안정적인 투자였다. 황제는 울타리를 쳐 놓고 투기장만 제공하면 되었다. 투기장을 만들어 놓으면 무림인들끼리 치고받고 알아서 할 터였다. 시도하지 않을 이유가 없었다.

게다가 북해빙궁이 원하는 건 그리 대단한 것도 아니었다. 무림의 힘을 분열시킴으로써 자신들도 위협에서 벗어나겠다는 게 첫째였고, 거기에 하나 정도 더해서 중원에 교두보를 마련하고 싶다는 정도였다. 그 정도는 충분히 수용 가능한 조건이었다.

그리고 지금까지는, 적어도 종암이 알기로 그 무림삼분지계는 순조롭게 진행되고 있었다.

대외적으로 일명 '무림정비계획'이라 불리었으나 기실 그 정체가 무림삼분지계라는 건 이번 일에 동원된 인물 중에서도 극히 일부, 황제의 측근 중에서도 극소수만이 알고 있는 일이었다.

잠시 옛날 일을 생각하던 종암이 먹기를 멈추고 탕 그릇을 내려놓았다.

"황상의 심기를 어지럽힌 일이 무엇인가."

유장경은 단적으로 대답했다.

"북해요. 드디어 북해에서 새외 세력을 끌어들였소. 한데 통제가 되지 않은 모양이외다."

"통제가 되지 않아?"

종암의 미간에 주름이 깊어졌다.

무림삼분지계의 과정에서 가장 중요한 것은 첫째가 거대 문파를 억누르는 일이었고, 두 번째가 중소 문파의 덩어리들을 하나의 연합체로 구성하는 일이었다.

특히나 두 번째의 과정에선 거대 문파를 제외하고 중소

문파를 하나로 뭉치게 만들 수 있는 계기, 그에 대한 명분이 필요했다. 내세운 명분이 얼마나 설득력이 있느냐에 따라 전체의 성패가 좌우될 수 있었다.

거기에 야용비가 회심의 한 수로 내세운 게 바로 새외 세력의 포섭이었다. 새외 세력에 대해 강호인이 갖고 있는 본질적인 두려움을 이용하는 것이다.

예를 들어 은앙종과 태을문이 치열하게 싸우는 와중에 갑작스레 새외 세력이 나타나 태을문을 멸문시키게 된다면?

그야말로 강호가 들끓을 것이다.

본래 강호는 서로 죽어라 싸우다가도 새외 세력만 나타날라 치면 언제 싸웠냐는 듯 하나로 똘똘 뭉쳐 대항해 왔다. 이번에도 강력한 새외 세력의 등장에 경악하며 연합을 구성하고 대책마련에 부심할 터였다.

야용비는 그때를 무림맹(武林盟) 설립의 적기로 보고 있었다. 물론 거대 문파를 배제한 중소 문파들만의 연합이다.

그러나 지금은 적당한 때가 아니었다. 아직 분위기가 무르익지 못했고 새로이 지역 강자로 떠오른 중소 문파들도 기반을 채 다지지 못했다. 자칫 어설프게 무림맹을 출범시키려다가는 거대 문파의 영향력을 벗어나지 못하고 무림맹 자체가 어영부영 거대 문파에 흡수될 수도 있었다.

그러니 새외 세력이 약속을 따르지 않고 이른 시기에 모습을 드러낸 일이 얼마나 위험한 일인지는 굳이 말할 필요가 없는 일이었다.

일이 재수 없이 꼬여서 황궁이 새외 세력을 끌어들였다는 얘기라도 돈다면 그땐 거의 끝장이라고 봐야 한다.

"새외 세력이 무슨 의도로 찾아왔는지는 모르겠으나 우선 그들이 남들 눈에 띄지 않도록 먼저 찾아야겠군."

"정확하오."

종암은 생각을 결정하자마자 소매에서 철전 몇 푼을 꺼내어 탁자 위에 두고는 일어섰다.

"아직 고향땅의 양장탕을 먹기엔 이른가 보군."

유장경이 크게 너털웃음을 터뜨리며 함께 일어났다.

"본래 고향의 맛이란 건 매일 맛볼 때보다 떠나왔을 때가 더 그리운 법 아니겠소?"

* * *

휘잉.

한줄기 바람과 함께 피처럼 붉은 가사를 두른 라마승들이 아슬아슬하게 암벽에 걸쳐 있는 잔도(棧道)에 모습을 드러냈다.

위태위태한 협곡을 거칠게 가로지르는 장강의 지류가 금

사강(金砂江)으로 이어지며 널찍한 분지가 앞에 보인다.

단단한 체구에 오십 대 정도로 보이는 라마승이 날카로운 눈빛으로 분지를 둘러보다가 중얼거렸다.

"이 강을 지나면 드디어 사천땅이로구나."

그의 뒤에는 다섯 명 정도의 젊은 라마승들이 뒤따르고 있었다. 하나같이 안광이 형형했지만 먼 길을 쉬지 않고 달려온 터라 약간 초췌한 기색이었다.

그 모습을 보며 라마승이 혀를 찼다.

"쯧쯧. 부족하도다. 모자라도다."

다섯이 손바닥을 펴 가슴에서 바깥쪽을 향하게 들어 올리며 고개를 숙였다.

"죄송합니다. 발사라[跋折羅]이시여. 원컨대 조금의 시간을 주시옵소서."

본래 뇌음사가 있는 납목조호(納木措湖)는 서장에서도 가장 높은 고원에 위치해 있었다. 보통 사람은 공기가 희박해서 숨조차 쉬기 어려운 곳이다.

그런 곳에서 살다가 갑작스레 저지대로 내려오면 어쩔 수 없이 몸에 이상이 생긴다. 천천히 걸어온 것도 아니고 천리 남짓한 길을 쉬지 않고 경공으로 달려온 터였다.

그러니 이렇게 멀쩡한 게 오히려 희한한 일이었다. 그만큼 젊은 라마승들의 내공도 심후했던 것이다.

젊은 라마승 한 명이 말했다.

"저희가 아직 부족하여 삼일불청사일불간(三日不聽四日不看)을 벗어나지 못하였사오니 발사라께서는 부디 헤아려 주옵소서."

사흘간 듣지 못하고 나흘간 보지 못한다는 뜻으로, 고원에서 갑자기 내려와 며칠간 귀가 안 들리고 전신 관절이 바늘로 쑤시듯 아프게 되는 상태였다.

내공이 심후한 라마승들이 정말로 그런 상태일 리 없다. 몸 상태가 부족함을 이르는 서장의 비유법이었다.

강을 넘으면 강호 무림은 온통 적들로 득실거리는 곳이니 언제든 최고의 몸 상태를 유지해야 한다. 마지막으로 강호에 들어서기 전에 쉬어 줘야 할 때다.

하나 나이 든 라마승은 마땅찮은 기색을 표했다.

"대라마께서 이리 하라고 너희들을 보내신 것이 아닐 게다. 이미 많은 시간이 지체되었다. 북해빙궁에서 눈치채기 전에 우리가 기선을 잡을 수 있는 유일한 기회이니라. 너희들은 몸을 완전히 추스른 후에 나를 따라오도록 하여라."

지직.

말이 끝나기가 무섭게 라마승의 눈가에 작은 뇌전이 일렁였다. 라마승은 훌쩍 잔도의 발판을 밟고 뛰었다. 순식간에 나이든 라마승이 시야에서 사라졌다.

어긋난 계획

젊은 라마승들이 감탄하며 손바닥을 들어 올려 시무외인(施無畏印)으로 예를 표했다.

"과연 발사라이시다. 천릿길을 달리었는데 지치시기는커녕 방금보다 더 빨라지셨구나."

"어차피 우리가 늦는다 해도 전승자는 발사라의 손에 쓰러질 운명이나, 이래서는 우리가 그분을 보위한다고 하기에 부끄러운 일이다."

"우리도 얼른 몸을 수습하여 발사라의 뒤를 따라야 할 것이다."

"하지만 서가촌까지는 먼 거리이고 남들의 눈에 띄지 않도록 계속 산행을 해야 하니 결코 적당히 해서는 안 된다."

서장에서 온 뇌음사의 라마승들.

그들은 놀랍게도 서가촌을 향하고 있는 중이었다.

그것도 그들의 목표는 다름 아닌 전승자.

바로 장건이었다.

〈다음 권에 계속〉

DREAMBOOKS

DREAMBOOKS

DREAMBOOKS

DREAMBOOKS